Anselmo Prestini

Neve sottile

CAIRO

Questa è un'opera di finzione. Personaggi, luoghi e avvenimenti, se reali, sono rielaborati ai fini della narrazione.

ISBN 978-88-309-0410-1
Prima edizione: ottobre 2024

NEVE SOTTILE

Avvertenza

Questo romanzo tratta argomenti che potrebbero
urtare la sensibilità di alcuni lettori:
lutto, dipendenze da alcol e droghe, stalking, morte.

Se tu o uno dei tuoi cari vi ritrovate in una di queste
situazioni è importante parlarne: non siete soli.

Telefono Verde Alcol 800632000
Telefono Verde Droga 800 186070
Numero pubblica utilità Croce rossa italiana 1520
Numero anti violenza e stalking 1522

CUORCODE

A mamma e papà
che mi hanno trasmesso
la passione per la montagna

1

Neve sottile, il podcast
19 febbraio 2023

Bene, possiamo procedere con la ricostruzione dei fatti.

Torniamo a una settimana fa. 12 febbraio 2023. Il gruppo di influencer era sveglio dalla mattina presto, e tutti avevano una motivazione precisa e personale per intraprendere questo percorso. A colazione, all'Hotel Ambiez, scherzavano e ridevano. Ma tutti mi dicono che già allora c'era tensione. Forse è un ricordo sporcato da quello che è successo dopo. O forse era davvero così.

A guidare la spedizione, Andrea Martini, Gianni Martini e Fabio Caola. L'obiettivo principale era documentare la bellezza della montagna e i pericoli che uno scenario così delicato deve affrontare per colpa dei cambiamenti climatici e dell'inquinamento.

Uno scopo nobile? Decisamente. Troppo nobile, forse?

Valentina Sut era il volto della missione. Già da quella colazione si era messa a sparare stories e foto di gruppo.

Non sapeva ancora che sarebbero state le sue ultime immagini, destinate a rimanere per sempre nella memoria di tutti e a fare il giro del mondo. Questa volta, in modo molto più macabro del solito.

Dopo un primo spostamento, le verifiche tecniche sull'attrezzatura. Gianni ha effettuato con rigore i suoi severi controlli. Tutto ok. Si sentivano sicuri e sì, anche protetti dalla sua esperienza.

Non poteva accadere nulla di brutto.

Il gruppo è stato ben preparato, Andrea e Gianni li avevano costretti a seguire delle approfondite sessioni sulla sicurezza in montagna. Il percorso e i tempi erano stati comunicati al centro delle guide alpine.

Insomma: non erano degli sprovveduti, non sono andati lì in gita scolastica, non era una trovata pubblicitaria. Parliamo di un'escursione di livello professionistico.

E allora come è potuto succedere un incidente banale come una scivolata?

Perché Valentina è caduta?

Da questa discrepanza, amici, nascono i

nostri primi sospetti. Alcuni semplici dettagli vi faranno riconsiderare sotto una luce diversa tutte le idee che vi siete fatti sul caso.

Questo è *Neve sottile*, il podcast di Lilla True Crime, e quello di cui ci occuperemo nel corso delle prossime puntate è uno dei casi di cronaca più controversi del momento. Per non dire degli ultimi anni.

Per il podcast è una serie nuova, nuova in tutti i sensi: perché parla dell'ultima tragedia che ha scosso la nazione, e perché per la prima volta in assoluto potrete seguirmi mentre parlo con i protagonisti, sentirete le loro voci in diretta. Siamo nel vivo dell'azione. Vi chiederò di avere sangue freddo, mente aperta e stomaco forte; e da oggi dovrò anche chiedervi una mano, perché ci saranno delle indagini da fare.

Il «mistero del Grostè», come è già stato ribattezzato, mi tocca da vicino. Sono coinvolta a livello personale. Anch'io dovevo far parte di quella spedizione, cari amici. Uno dei protagonisti della vicenda è un mio carissimo amico, ma sia chiaro che nelle mie ricerche non ho fatto favoritismi di nessun genere, tutti sono stati trattati allo stesso modo, Andrea Martini incluso.

Adesso devo chiedervi pazienza. So che vorreste entrare subito nel vivo della storia, ma gli intrecci sono complicati, i nomi sono tanti, e presto vi mostrerò che molti dei nostri personaggi non sono quello che dicono di essere. Insomma, c'è il rischio di fare confusione.

Se siete dei fan di uno dei partecipanti, o magari anche di tutti – insomma, se per voi i membri della spedizione non hanno bisogno di presentazioni –, potete skippare al minuto 2.46, e saltare l'elenco dei nomi. Ma non ve lo consiglio, perché è necessaria la massima chiarezza per non fare confusione.

Cominciamo.

Andrea Martini è il leader della spedizione. Nato e cresciuto a Madonna di Campiglio, è un noto influencer. Dopo una parentesi milanese per gli studi di giurisprudenza, è tornato alla sua vera passione: la montagna. Ha avuto una relazione sentimentale con Valentina. Ed è mio amico. Un mio caro amico. Lo conosco da dieci anni. Avete presente uno di quei tipi che sembrano troppo perfetti per essere veri? Ecco, Andrea è un po' così. Uno e novanta, fisico asciutto, muscoli che non nascono in palestra ma dalla vita all'aria aperta. Sguardo pulito. Alcuni lo accusano di essere un po' ingenuo. Anche se nel caso sarebbe più giusto dire che è un idealista, e fa fatica a vedere il lato più oscuro delle persone.

Sara Jean, una biologa trentenne e influencer ambientalista. Ha un carattere forte ma nasconde una grande fragilità. A parte questo, è una tipa a posto. Come sapete è anche molto critica riguardo al mondo degli influencer.

Con Valentina Sut non è mai andata d'accordo e non lo ha mai nascosto. Come non ha mai nascosto, subito dopo la tragedia, che è pronta a battersi con tutte le sue forze per fare giustizia.

Rosso Furlan è un influencer di tecnologia. Avete presente quando si dice che una determinata persona ha carattere? Spesso è un complimento, altrettanto spesso non lo è. Per Rosso, potrebbe valere la seconda opzione. Perché di sicuro ha carattere, solo che è un carattere cinico e sprezzante. Anche lui ha avuto forti dissapori con Valentina in passato. Parliamo di storie finite in tribunale e accuse pesanti.

Federico «Fede» Palma, ballerino e attivista LGBTQ+, è uno dei più popolari del gruppo. Grandi numeri, big money. Quello che i media tradizionali chiamerebbero una «star del web». Grazie alla sua popolarità sta cambiando la sensibilità di molte persone. Anche lui ha seguito la vicenda con dei «video aggiornamenti», come li chiama.

Non era molto legato a Valentina, se è per questo non è molto legato neanche a me, anzi, non ci conosciamo proprio, e non è legato neppure alla montagna. Ha un dono raro, e tutt'altro che prezioso: si sforza sempre moltissimo di dire e fare la cosa giusta, di non offendere nessuno, di vivere in modo positivo... e alla fine, infallibilmente, fa arrabbiare qualcuno.

Valentina Sut, la vittima. Era un'influencer di lifestyle, beauty e moda. Un profilo particolare. Sempre invitata alle sfilate, ai red carpet, alle feste più prestigiose. Esistenza dorata, che lei però si sforzava di rendere anche green. Sì, perché nella sua vastissima sfera di interessi rientrava la green economy. Sapete tutti com'è morta. E come tutti, anche voi penserete che sia stato un semplice, per quanto tragico, incidente, e che la sottoscritta non sia poi diversa da quegli sciacalli che non si fanno scrupoli a tirar su qualche like dal fango.

Vi do la mia parola però che in questo caso qualcosa che non quadra c'è sul serio. Troppi dettagli non combaciano, dalla famosa «lastra di ghiaccio» alla nebbia che è venuta su così rapida e inaspettata. Proprio da queste crepe nella vicenda è nata la nostra indagine, che seguirete puntata dopo puntata, forse, verso un'altra verità.

Per completare la nostra carrellata di personaggi: Gianni Martini è il padre di Andrea. Guida alpina, è l'incarnazione di quello che si chiama «un uomo d'altri tempi». È il mentore del gruppo. Sono andata poche volte in montagna in vita mia, e un po' per caso un po' per scelta, c'era sempre lui al mio fianco. Mi ha sempre fatta sentire al sicuro. Eppure c'era proprio lui al comando quando è successa la tragedia. Non che sia stata colpa sua, non ho intenzione di insinuare nulla del genere.

I membri della spedizione sono finiti. Restano le figure di contorno, quelle che nel gergo cinematografico, e senza la minima offesa, vengono definiti gli extra.

Fabio Caola, l'amico più stretto di Andrea, non è un influencer ma un ragazzo qualunque che è nato ed è sempre vissuto in montagna. Un babbano, come li chiamano gli influencer. Anche lui esperto, anche lui non è riuscito a prevedere la forte nebbia.

Infine, come dimenticare il maresciallo Stevio Tancredi, amico fraterno di Gianni? Può sembrare una bella coincidenza che ci sia un legame diretto tra i due, ma sapete come funziona nei paesini di montagna, sono tutti amici, tutti si conoscono da vent'anni. Stevio e Gianni sono legati da uno di quei rapporti che possono nascere solo in certi ambienti, rarefatti ed esclusivi come le cime delle montagne. Parliamo di due persone più che capaci di partire per una scalata e stare fuori tre giorni, a bere dalla stessa borraccia e a dormire in sacco a pelo, fianco a fianco, scambiandosi quattro parole in tutto. Gente disposta a fare sacrifici immensi se un amico ha bisogno, senza farglielo pesare.

In ogni caso, il maresciallo è uno che non fa sconti. Le solite malelingue dicono che è in conflitto di interessi e che dovrebbe lasciare a qualcun altro le indagini.

E infine ci sono io, la vostra Lilla, Sonia Bulini, podcaster di true crime e amica intima di Andrea. Sarò al vostro fianco per far luce dove non c'è, o dove qualcuno ha voluto far scendere l'oscurità.

Ripartiamo dal principio. La morte di Valentina Sut. La conoscete tutti, immagino. L'avrete vista sullo schermo del vostro cellulare, avrete sentito la sua voce. Ma non era solo una presenza fissa delle nostre bolle virtuali: era soprattutto una ragazza di trentadue anni, solare. Una persona appassionata, sensibile, morta in modo terribile e sotto gli occhi disperati dei suoi amici. Ma è stato davvero un incidente? O dietro c'è qualcosa di più complicato?

2

Qualche settimana prima

«A ogni passo affondavo fino alle ginocchia. Quando sei in salita, a quell'età, anche fare cento metri è una fatica mostruosa... eppure non la sentivo mica, eh? Giusto un po' di fiatone... mamma mia, dodici anni, appena finita la prima media... mi piaceva Viviana, sì, della terza F, ma non è mai voluta venire con me in montagna. Anche se papà mi diceva che non dovevo arrendermi, anzi, dovevo provare a invitarla di nuovo. Ecco, forse questo consiglio su quanto è importante insistere è stato uno dei primi in assoluto che mi ha dato. La perseveranza come stile di vita... senza diventare uno stalker, eh! Fortuna che lo sono stato a sent... ma questa qui?»

Andrea, seduto al tavolino lucido del Kram, si avvicina la vecchia foto agli occhi. Adesso che con le ciglia praticamente sfiora la pellicola, un po' piegata dal passare del tempo, non ha più dubbi. Ce l'ha sempre avuta in casa, quella foto, gli sarà capitato di darci un'occhiata distratta un centinaio di volte, eppure non ci aveva mai fatto caso. È la differenza tra guardare e vedere, a pensarci bene. Un'altra delle lezioni che ti può dare la montagna. Un'altra delle lezioni di suo padre.

«No! Ma quello dietro è Fabio, non ci posso credere! Non me n'ero mai accorto in tutti questi anni, assurdo. Quella ancor più indietro è la mamma, mi sa. Incredibile. Adesso gliela mando a Fa… ma che mando? Quello là ha ancora il telefono con i tasti. Sempre che non ce l'abbia addirittura attaccato alla presa al muro, con la cornetta e la rotella.»

Andrea poggia la foto sul tavolo, afferra il cellulare e la inquadra. Uno scatto, poi una breve raffica di clic esperti per sistemarla a dovere.

Chi è quel bambino sorridente in braccio a suo papà? Non sembro io, ma vi giuro che è proprio così, ho dei testimoni 😉
La montagna è il mio cuore, batte al ritmo del vento e il suo silenzio è il mio pensiero. Condivido con voi questo scatto molto intimo, un ricordo del mio primo Grostè.
Una sfida vinta con grandissima soddisfazione.
E adesso ve ne voglio lanciare un'altra: se questa foto supererà i 50.000 like partirà una grandissima avventura che vedrà coinvolti dei nomi importantissimi, personaggi fantastici che vedrete fuori dai loro canali, in modo diverso e incredibile.
#grostè #naturalperformance #mountaintherapy

Andrea rilegge, si accerta che non ci sia qualche refuso e posta la foto. Poi la rimette con cura in mezzo all'album di plastica un po' rovinato ai bordi, anche quello un vecchio cimelio di famiglia. Afferra la tazza di cioccolata. Mentre soffia via il vapore guarda la vetrina, in strada passano decine di persone. Molte hanno il cellulare in mano. E il pensiero arriva subito, non ci può fare nulla: chissà se qualcuno di loro, anche con i guanti, sta mettendo like.

Perché è una questione di secondi, già arrivano i primi. C'è qualcosa di confortante in quella conta frenetica, in quei numeri che girano e girano, che ti rassicurano che tutto andrà bene. C'è eccitazione, quella c'è sempre. Ma in Andrea sta iniziando a farsi largo anche il timore. L'idea in sé non gli dispiace, quello che non lo convince è portare su quella cima, che per il suo cuore è quasi sacra, delle persone che non amano la montagna quanto la ama lui. È un po' come quando ti piomba in casa qualcuno che non hai invitato e che non ti sta nemmeno tanto simpatico. Una sensazione dissonante, di qualcosa fuori posto, in conflitto con l'ordine naturale delle cose.

E poi c'è un macigno ancora più grosso. Molto più grosso. Valentina. Non riesce nemmeno a pensare a cosa proverà quando l'avrà di nuovo davanti. È passato tanto tempo, troppo. E però in un certo senso è come se non fosse passato nemmeno un secondo.

«Ma guarda che è una bella idea, eh.» Andrea si volta con uno scatto che lo fa tornare alla realtà.

Elio, il suo manager, si è appena tolto la giacca blu e l'ha lanciata sul divanetto di fronte.

«Tanto se non raggiunge i 50k partiamo lo stesso, no? Mica ci vengono a controllare. E anche se dovesse farsi avanti il solito hater o il precisino di turno che non ha niente di meglio da fare, al limite diciamo che era solo una mossa per movimentare le acque.»

«50.000 spaccati, non uno di meno.»

«Ma figurati. Quali 50.000? Mica hai postato una foto di te e Belen che vi fate il bagno insieme» ribatte Elio con quell'arietta di sufficienza che di solito basta a smontare sul nascere ogni discussione.

«Elio, guarda che io non sto scherzando affatto. E cerca di non scherzare nemmeno tu. Primo, non voglio fare brutte figure, e di certo non ho alcuna intenzione di compromettere la mia reputazione online. Secondo, devo avere proprio una motivazione forte per fare questa cosa, mi serve una spinta.»

«Guarda che la spinta è già arrivata. Non l'hai sentita? Perché io l'ho sentita eccome. Ho già mobilitato sponsor e giornalisti, soprattutto gli sponsor sono gasatissimi, alcuni hanno fatto delle promesse molto importanti. Per favore, Andrea, eh.»

Elio si sistema il collo della camicia, adesso ha lo sguardo serio, la pelle tirata intorno alla bocca gli disegna sul viso una specie di smorfia. Andrea lo sta ancora fissando, dritto negli occhi. Beve un sorso di cioccolata, si pulisce la bocca, alza la testa. Pronto allo scontro.

«50.000 spaccati, non uno di meno» scandisce.

«Senti, non ti impuntare per forza su questa cosa. Non è che devi fare il cocciuto solo perché sei un ragazzo di montagna e per te la parola è sacra e ci tieni ai valori di una volta e bla bla bla. Ricordati che io non sono uno dei tuoi follower, e soprattutto che qui ci sono in ballo dei soldi. Soldi veri.» Elio si accorge di aver alzato la voce, si guarda intorno. L'imbarazzo non fa parte del kit di emozioni che Madre Natura gli ha fornito, vuole solo accertarsi che nessuno abbia sentito delle informazioni riservate. Appena si placa, si avvicina ad Andrea, e ora quasi sussurra: «Ci giochiamo un provino con un produttore di documentari sulla natura di cui non posso... ecco, nemmeno farti capire chi è. Ma è uno grosso, Andrea, non aspetta altro che vederti all'opera. Se partiamo bene con lui, una trasmissione su una generalista non te la toglie nessuno. Se fai le cose per bene tra cinque o sei anni ti ritrovi a fare la prima serata, eh. Però mi devi stare a sentire».

Andrea lo fissa ancora, sta per riattaccare con il suo mantra – o 50.000 spaccati o niente, non uno di meno – ma ci ripensa. Vuole provare a spiazzarlo.

«Dimmi chi è, ora, adesso.»

«Non puoi farmi questo, è cattiveria pura.»

Elio allunga il braccio verso il cameriere. «Una Coca Zero per favore. Senza ghiaccio, e presto, per cortesia» fa con tono stizzito.

«Senti, non prenderla sul personale, non sto facendo i capricci, te l'ho spiegato in tutti i modi. Anzi, sai che ti dico, provo a spiegartelo in un altro modo ancora.»

Elio punta i gomiti sul tavolo e solleva il capo, attento.

«La montagna, quella montagna in particolare, è il simbolo della mia infanzia, della mia crescita e, forse, del mio futuro. La porto sui social, sì, ma a modo mio, con amore e rispetto…»

«… il rispetto, l'ho capito. E ho capito pure che hai paura che qualcuno possa non avercelo, questo famoso rispetto. Non sono mica scemo, e nemmeno sordo. Se vuoi possiamo fare un protocollo comportamentale per la spedizione, una sorta di codice etico, anzi, già che ci siamo lo diffondiamo sui nostri canali, per sensibilizzare il pubblico.»

Andrea sembra spiazzato. Non si aspettava questa proposta, e deve ammettere che non è affatto male. Non è che non gli piaccia dare ragione al prossimo, tutt'altro, ma c'è ancora qualcosa che non lo convince.

«Ci penso, dai.»

Senza sbilanciarsi troppo, torna alla sua cioccolata che ormai si è raffreddata così tanto che somiglia più che altro a una barretta.

Elio trangugia la sua Coca, ha l'aria soddisfatta e un sorrisino sotto ai baffetti sottili, appena accennati. La stessa espressione del gatto che ha capito come si apre la gabbia del canarino.

«Lasciami lavorare Andrew, vedrai, sarai una bomba.»

«Non mi chiamare Andrew, lo sai che non lo sopporto.»

Afferra la giacca e dà una pacca sulle spalle ad Andrea. «Lo so, però ricordati che non sei l'unico a cui piace provocare. Qui faccio io.» Con un rapidissimo gesto circolare indica la Coca e la cioccolata, poi gli fa un occhiolino e via: uno di quei sorrisi smaglianti che sono il suo marchio di fabbrica, ed eccolo che riparte per i suoi mille progetti, i suoi mille impegni, sempre a tutta velocità.

Andrea tira fuori il telefono, i like sono già centinaia. Forse questa missione è una di quelle coincidenze che il destino ti mette davanti senza preavviso, una benedizione travestita da seccatura. Scrolla in modo annoiato quando una vibrazione diversa gli comunica che è arrivato un messaggio. È suo padre, Gianni.

Gianni
Ho visto la foto, di che si tratta?
A me lo puoi dire, sai che non
commento mai niente 😉.

Gianni, pur essendo un uomo di montagna vecchio stampo, ha mostrato un'inaspettata apertura mentale riguardo alla carriera di suo figlio.

Nel suo ambiente fino a una decina di anni fa nessuno aveva mai sentito parlare di like, adv, post, engagement e via dicendo. Se qualcuno fosse arrivato in paese a dire che era possibile creare reddito parlando davanti allo schermo di un cellulare sarebbe stato accompagnato al più vicino centro di igiene mentale. Invece Gianni è sempre stato dalla parte di Andrea. Ha sempre creduto in lui. Persino quando nella valle tutti dicevano che era un illuso, che la strada che aveva scelto non lo avrebbe mai portato da nessuna parte. Che prima o poi avrebbe dovuto trovarsi «un lavoro vero».

Gianni è sui social, lo segue, ma senza mai parlare, è una specie di fantasma saggio. Osserva tutto e prende appunti, a penna, e ne va anche fiero. È come una fusione tra epoche diverse, un amanuense che veglia silenzioso su TikTok. Qualche anno prima, a una cena, ha tirato fuori la sua celebre agendina, quella rossa di pelle che ogni anno ricompra, perennemente identica a sé stessa. L'ha fatta girare tra i commensali, l'hanno toccata tutti come una reliquia, e in un certo senso lo è davvero. Ci scrive dentro tutte le cose che lo colpiscono nel suo girovagare sul web. Con un'ombra di commozione, Andrea si è accorto che il padre ha dedicato un'intera sezione a lui, pagine su pagine. L'entusiasmo e l'orgoglio trasparivano con chiarezza da ogni riga: Gianni si è appuntato i progressi, i nomi degli utenti che avevano lasciato dei commenti significativi, ha sottolineato quelli che secondo lui avevano capito lo spirito di quello che fa suo figlio. In una pagina a parte, si è segnato anche quelli più livorosi. L'odio fine a sé stesso che tutto inquina, tutto sporca.

Però di per sé Gianni non scrive in rete. Mai un commento. Se deve dire qualcosa, chiama. O scrive un WhatsApp privato, come adesso.

Andrea
Papà, vogliono organizzare un'escursione al Grostè con una serie di influencer famosi, una cosa per sensibilizzare sui temi della montagna e anche fare qualcosa di diverso dagli altri.

Gianni
Che bello, mi piace! Quando partite?

Andrea
Quando partiamo, semmai 😊

Gianni
?

Andrea
Ti avrei chiesto di farci da guida, e farci anche un minimo di formazione. Ma ancora non c'è niente di certo, aspettiamo che la foto arrivi a 50.000 like.

Gianni
Nessun problema, mi fa piacere, basta che non mi facciate mille foto.

Andrea
Ahahah, tranquillo, al massimo 999 primi piani, te lo prometto. Però non sono molto convinto, sai? Intendo del progetto, mica dei tuoi primi piani.

Gianni
Perché? Mi sembra un modo di vivere la montagna più moderno, meno impostato. Bello, dai.

Andrea
Dici? Ma non è rischioso?

Gianni
Andrea, è un'escursione come un'altra, ne abbiamo fatte centinaia. Ma chi saranno i partecipanti? Li conosco?

Andrea si blocca per un attimo, è come se le dita si fossero ribellate, non riesce a digitare nulla e guarda il telefono come in trance.

Andrea
Non abbiamo ancora deciso, però forse sì, qualcuno potrebbe esserci.

Gianni
Valentina?

Andrea
Se vuole, perché no?

Gianni
E tu vuoi?

Andrea
Ne parliamo a voce, ok?

Gianni
Ok, stasera vieni a cena da me che ho dei porcini incredibili. Non saranno mai buoni come quelli che andavamo a prendere insieme quando eri un bambino, ma si difendono.

Andrea
Va bene, grazie!

Andrea infila il telefono in tasca, va alla cassa, il barista gli conferma che in effetti Elio ha saldato tutto. Esce, si perde tra i turisti rilassati che passeggiano per la città.

3

Andrea

Quando torno a casa con la testa così piena di pensieri il tragitto mi sembra sempre più lungo. Ovunque, intorno a me, le Dolomiti. È uno splendore. A quest'ora si vede tutto. Per fortuna basta uno sguardo per farmi sentire meglio. Però sì, forse è vero. Mio padre non ha tutti i torti. Mi ha fornito una lettura delle cose che non avevo preso in considerazione, in effetti la montagna è vista troppo spesso come un luogo noioso, vecchio. Oppure, e forse ancora peggio, un lusso riservato solo alle élite. Sarebbe importante far capire alla gente la verità.

Vivere qui ti regala un altro modo di pensare. Sei più vicino alle avversità del clima, ma quello vero, non come quando a Milano ti alzi la mattina, ti affacci alla finestra e vedi il cielo grigio per dieci giorni di fila e pioviggina tutto il tempo.

Qui siamo su un altro livello. Qui è tutto più grande, più reale.

Elio, mannaggia a lui... le sue idee alla fine si rivelano sempre giuste, anche quando sono assurde. Forse devo dargli più fiducia. In fondo, anche quando mi aveva tirato dentro alla gara di kart elettrici per beneficenza pensavo fosse una cosa da bambini, e invece è ancora una delle mie stories più viste.

Devo fare una corsetta, forse mi aiuterà a schiarirmi le idee. Pantaloncini o calzamaglia? Meglio pantaloncini, mi scalderò anche se fuori ci sono tre gradi. Afferro occhiali, auricolari e portacellulare. Quando prendo le scarpe è come se qualcosa mi afferrasse il cuore. Per la seconda volta nella stessa giornata, vedo con occhi nuovi una cosa che ho sempre avuto qui con me. Me le ha regalate Valentina, sono consumatissime, un residuo di un'altra epoca, eppure in qualche modo non mi hanno mai abbandonato.

Come se volessero dirmi qualcosa prima di lasciarmi.

Mi siedo sulla panca all'ingresso, devo sentire Lilla.

Come stai? Che fai? Immagino che tu abbia visto la cosa della foto, eh sì, è di quella roba che ti dicevo dell'escursione. Lo sai che sarai tirata dentro a forza, vero?
Senti, però volevo chiederti un'altra cosa, insomma, sì, a parte tutti i dubbi e le preoccupazioni di portare gente poco interessata sulle mie montagne, forse... insomma, mi sa che quello che mi agita è il pensiero di rivedere

Valentina... il mio agente e il suo sono già d'accordo e senza di lei non si fa niente, se manca la star non si parte. Adesso mi manderai a quel paese, ma ho appena realizzato di non aver mai buttato un paio di scarpe che mi aveva regalato lei. Vedi come lavora l'inconscio? Non è che mi sto dicendo da solo che provo ancora qualcosa per lei? Ma no, no! Io non provo più niente, e tu lo sai molto bene, no? Però c'è qualcosa che mi turba in tutto questo. Saggia Lilla, dimmi qualcosa tu.

Invio il vocale e mi pento subito, sto per cancellarlo, ma come al solito mi batte sul tempo. Lo ascolta all'istante. Fisso lo schermo. Registra audio, registra audio – e ancora registra audio. Ma che dovrà mai dirmi? Sta sbobinando la *Divina Commedia*?

Innanzitutto non mi devi tirare dentro a forza perché non vedo l'ora di conoscere da vicino queste benedette montagne, anzi, mi aspettavo un invito a prescindere, ma vabbè, dai, lasciamo perdere. Ti rendi conto, ANDREA?

Ahia, quando urla il mio nome e lo scandisce è in arrivo una bella mazzata.

Ti rendi conto che stai basando i tuoi sentimenti su un paio di scarpe consumate? No, vabbè, se ci vuoi filosofeggiare fai pure, possiamo stare qui tutto il pomeriggio a messaggiarci sui significati inconsci. Ma poi, lo sai no? Dopo averti fatto sfogare ti direi che sono solo delle scarpe che non hai mai pensato di cambiare perché a te non interessano gli oggetti materiali. Se non fossero gli sponsor a mandarti qualcosa andresti in giro sempre con lo stesso paio di jeans e la stessa camicia. No? Prova a dirmi che ho torto, dai, ti sfido. La verità è che sei uno di quegli inguaribili romantici che sono convinti che gli altri li debbano apprezzare per le loro qualità interiori… e allora se ne vanno in giro come se l'armadio di casa avesse preso fuoco con tutti i vestiti dentro. Lo so benissimo che non provi più niente per lei, ne abbiamo parlato per nottate intere, anche prima che succedesse il fattaccio. Quindi lo so benissimo – forse l'ho capito anche prima di te – che non provi più niente. Figuriamoci adesso a distanza di anni. Te lo dice Lilla qual è il problema: Valentina è diventata una star e tu hai paura che sia diversa, hai paura che sia diventata una brutta persona… oppure, che sia diventata esattamente quella che volevi tu e magari potresti invaghirti di nuovo di lei. Perché, se non provi niente per lei, hai solo queste due alternative, caro mio. Quindi butta quelle scarpe, vai a comprarne un paio fichissime, tipo quelle con il silicone elastico che vanno di moda adesso, e affronta la situazione come si deve, e cioè fregandotene. Chiaro?

Lo riascolto almeno tre volte, parla a una velocità incredibile. Di solito la gente per non perdere tempo imposta la velocità a 1,5 quando ascolta i messaggi, e invece con Lilla servirebbe l'opzione Rallenta. Per fortuna sono abituato alla sua mente frenetica e sono in grado di gestire le sue mille parole al minuto.

Velocità a parte, forse ci ha azzeccato sulla questione paura.

Rispondo:

Magari sono solo preoccupato di non saper gestire la situazione, di sprofondare nell'imbarazzo. Sono passati anni, siamo cambiati, i nostri percorsi saranno diversi, no?

È paura, e non c'è niente di male. Ok?

Le lascio qualche emoticon un po' vaga. Ci devo riflettere meglio, anche se ha sicuramente ragione.

Vado a fare l'ultima corsa con queste scarpe, poi le butto, giuro.

Oh, adesso sì che ragioniamo. Ma te l'ho raccontato che sto lavorando alle nuove indagini sul mostro di Firenze? Hanno fatto sparire delle foto dai materiali di archivio, a me questa cosa mette i brividi. Anche se ho fatto otto puntate, ancora mi viene la pelle d'oca. Ti rendi conto che vuol dire che forse è ancora vivo? O che ha dei complici potentissimi ancora oggi? Questo sì che fa davvero paura, mica come rivedere la propria ex.

Anche oggi Lilla è riuscita a strapparmi la risata quotidiana, è una sua dote naturale, infallibile. Ci riesce sempre, persino nei momenti più bui.

Scusa se non ti impaurisco come il mostro di Firenze. Vabbè dai, ci sentiamo dopo.

Mi infilo le scarpe per l'ultimissima volta – lo giuro a me stesso – ed esco. Prendo il percorso da dieci chilometri passando un po' per la città, ho voglia di vedere gente.

Uno, due, tre messaggi di fila che mi vibrano addosso.

Oh, non ci credo. Valentina. Parli del diavolo…

Valentina
Ciao, come stai? Spero tutto bene.

Valentina
Ho visto la foto e ho messo anche il like, ovviamente.

Valentina
Il mio agente mi ha detto già tutto, spero davvero che parta questo progetto. L'ho anche ricondiviso, così aiutiamo un po'. A proposito di foto, guarda che cosa ho ritrovato. Baci, spero a presto.

Lilla mi ha fatto ragionare, questo messaggio invece mi fa tornare al punto di partenza.

Più che il messaggio in sé, è la foto dell'escursione al Lago Nero. La nostra prima, e quasi unica, tra l'altro. Ce l'ho in mente come se fosse ieri, passo dopo passo. Ero eccitatissimo di portarla lì, e anche lei era super contenta, o forse solo innamorata, non lo so. Rimane una delle cose più belle fatte insieme. L'avevamo progettata, studiata, amata per mesi. La foto che aveva fatto a quella stella alpina era diventata virale in poche ore. Lo scroscio di pioggia improvviso e il tempo passato in quella specie di grotta a confidarci le nostre paure, i nostri desideri. Cavolo, probabilmente è successo quella sera stessa, quella notte di sesso euforico. Mi ricordo di aver fatto poi il conto dei mesi. Sì, doveva essere proprio quella sera lì.

Però perché me l'ha mandata?

Oddio, adesso finisco in paranoia. Non è che anche lei si sta logorando nei dubbi? Ha paura di provare ancora qualcosa per me? O addirittura ci spera?

La giro subito a Lilla.

Andrea
Me l'ha mandata lei, la foto della nostra mitica escursione, il giorno del concepimento, forse. Ma ti sembra normale? Secondo te che vuol dire?

Lilla è come l'intelligenza artificiale: risponde a qualsiasi domanda nel giro di una manciata di secondi.

Lilla
Vuol dire che si ricorda con grande piacere la vostra storia e quell'escursione. Stop. Possibile che voi uomini dobbiate sempre pensare a secondi fini? Non vi entra in quel casco vuoto che vi ritrovate montato sopra il collo che non sempre le donne fanno delle cose per sottintendere chissà quali significati occulti? Anzi, a me sembra una mossa per riavvicinarvi come amici, e non ci vedo niente di male, perché, se non lo sai, molte persone rimangono amiche anche dopo le storie. Cavolo, gli ex mariti e mogli dei miei sono tutti amici tra loro, fanno delle serate che sembrano liceali in gita. Vuole esserti amica, e ti sta dicendo: la nostra relazione è stata bellissima, ma è il passato.

Andrea
Senti, Lilla, questa volta non mi convinci, a me questa foto non mi piace per niente. Ci devo ragionare un po' su, dai, a dopo.

Ma non è vero, non ci voglio ragionare, devo staccare. Mi alzo in piedi e inizio a fare un po' di stretching all'adduttore, nel frattempo controllo il telefono.

No! Lo sapevo.

L'intervento di Valentina è stato micidiale. Dovevo aspettarmelo.

54.890 like.

4

Lo stalker, cinque giorni prima dell'incidente

Ma quanto ci mette? Doveva essere già arrivato. Nel deep web ci si trova di tutto – armi rubate, droga, pazzi mitomani che credono ai rettiliani. In fondo uno che si fa seicento chilometri per qualche centinaio di euro proprio normale non è.

Ah, ecco la Smart Four che mi diceva, è grigia e nera, sì, deve essere lui.

Faccio segno con gli abbaglianti, lui risponde, tre volte – come da segnale. Ci siamo.

Scendo con circospezione, alzo il pugno tre volte e scende anche lui, ha un pacchetto in mano, spero non sia armato. O peggio.

Potrebbe essere un poliziotto. Qui è pieno di agenti sotto copertura che cercano solo un piccolo criminale da sbattere dentro.

Sono in trappola?

Non ci avevo pensato. Il dubbio mi sale addosso come una vampata di calore. Faccio in tempo ad andarmene? Ho una via di fuga?

No, no. Non ce l'ho e non la voglio. Non posso tirarmi indietro.

Si avvicina, ha una mascherina FFP2 nera, un cappellino da baseball anonimo e degli occhiali da sole. Potrebbe essere chiunque.

«In questo punto non ci sono telecamere, possiamo stare tranquilli.»

È la prima cosa che mi dice, senza neanche salutare.

«Abbiamo meno di dieci minuti però, i sistemi di tracciamento li posso disattivare solo per poco, è chiaro?»

Annuisco, me lo ha già detto tre volte.

«Bene. Hai varie possibilità per la tua missione. Questo» mette le mani sul pacchetto «è un dispositivo che copia immediatamente informazioni sui cellulari, basta un cavetto e due, tre minuti. Ti chiedi a cosa può servire una cosa del genere, vero? Se lo chiedono tutti. Hai presente quando qualcuno viene trovato in possesso di immagini di violenza, pedopornografiche e via dicendo? Non sempre sono le sue, magari ci finiscono appositamente per incastrarlo. E lo puoi fare anche con chat e messaggi che vuoi attribuire a qualcun altro, ma questo è già più complesso.»

Ha una voce tranquilla, quasi rilassata. Anche se in realtà parla molto velocemente e non smette mai di guardarsi intorno.

Quindi le cose sono due: o è un poliziotto o è un vero professionista.

«Troverai anche delle istruzioni stampate su carta. Ti conviene bruciarle subito dopo averle usate, c'è scritto come fare un exploit di vulnerabilità del sistema; sfruttando le falle di sicurezza nel sistema operativo del cellulare, possiamo avere accesso e controllo remoto, così da manipolare o disabilitare il dispositivo.»

Annuisco, prendo appunti mentalmente. Non è una di quelle occasioni in cui puoi chiedere: «Scusa, puoi ripetere?». Se mi perdo anche un solo passaggio è la fine.

«Questo invece è il mio piccolo gioiellino, va fortissimo. Con questa bellezza puoi schermare completamente tutti i cellulari che si trovano nelle vicinanze. Guarda, è semplicissimo. Appena attivi il dispositivo, le comunicazioni saltano all'istante. Pure la ricezione internet, ovvio. È come stare in mezzo al tunnel sotto il Gran Sasso.»

«Ok, tutto chiaro. Che mi dici di quella cosa dell'auto e del WiFi?»

«Per il WiFi non ti dico proprio niente, è roba talmente semplice che ti basta cercare qualche info su come fare uno *spoofing* e qualche attacco *man-in-the-middle* su un motore di ricerca qualsiasi ed ecco che vai a intercettare i dati che passano tra i due. Mentre per l'auto troverai un telecomandino che ti servirà a replicare il segnale, è un semplice *relay attack*, un metodo quasi primitivo, ma finché funziona... Allora, mi sono spiegato bene? Se hai capito, fai di sì con la testa, prendi questo, cancella tutta la cronologia dei messaggi – e occhio che so come venire a controllare se lo hai fatto –, dammi i soldi e sali in macchina. Il tempo a tua disposizione è scaduto.»

Annuisco, non ho il tempo di pensare a niente, tiro fuori la mazzetta da cento euro e gliela do, lui mi allunga lo scatolone e i foglietti, sale in macchina e se ne va. Scomparso nel giro di trenta secondi.

Salgo in macchina anch'io e apro il pacchetto. Una parte di me ha quasi paura di trovarci dentro un mattone come nella più classica delle fregature.

E invece c'è tutto quello di cui mi ha parlato. Ordinato in modo maniacale e preciso. Le istruzioni sono chiare, con tutti i passaggi. Non mi sembra vero. Finalmente ho tutto. Tutto quello che mi serve per fargliela pagare.

E a quel punto ognuno si prenderà le sue responsabilità, qualcuno si prenderà anche le mie, ma non importa. C'è un prezzo da pagare, quindi niente scuse, niente attenuanti, niente rimorsi. Non devo avere alcun tentennamento, devo solo agire.

Non avrò una seconda possibilità, questa è la prima e unica e dovrà essere memorabile. Non ci saranno giudici e appelli.

Sono io che giudico, io che condanno. E adesso ho in mano gli strumenti per eseguire la sentenza.

5

Valentina

Battito cardiaco fetale assente.

Ancora mi risuona nelle orecchie quella frase. I medici quasi se la sussurravano tra loro, cercavano di non farmi sentire cosa dicevano, eppure in quel silenzio avevo l'impressione di poter sentire tutto. Anche il più leggero dei rumori. E infatti quelle quattro maledette parole le ho sentite benissimo. Con una chiarezza che mi ha gelato il sangue. Quello che non sentivo, invece, era il rumore del battito del cuore di mio figlio. Di nostro figlio.

Una piccola, spietata tortura. L'ospedale era pulito, molto ordinato. Eravamo in sala d'attesa e vedevamo la coppia prima di noi, e anche quelle che erano in fila dopo il nostro turno, altre due. Ci avevano fatto entrare praticamente insieme: io e Andrea a destra, l'altra coppia – due ragazzi molto giovani, molto innamorati – a sinistra. Il corridoio era così stretto e le pareti così sottili che in pratica era come stare tutti insieme. Avevamo sentito l'altro dottore, nell'altra stanza, che diceva al marito di sedersi e alla moglie di stendersi. Avevamo sentito quel «tump tump» un po' metallico rimbalzare tra le pareti della stanza.

A noi non era successo niente di tutto questo.

Per noi, solo un grande silenzio, la faccia preoccupata del nostro dottore, l'atmosfera che cambiava in un istante. Il dottore si era alzato, era andato a chiamare un collega, ma già si vedeva da come camminava che non c'era fretta, non era un'emergenza, non era niente.

Per parecchi minuti, dopo che ci avevano dato quella terribile notizia, siamo rimasti tutti immobili. Andrea piangeva. Sentivo sospirare un infermiere ma non lo vedevo. Poi era entrato un altro con un camice scuro, non so se fosse un altro dottore, e dopo… dopo non lo so, i miei ricordi si fanno confusi, nella memoria rivedo solo qualcuno che mi accompagna verso l'uscita.

Un'altra visita, una settimana dopo. Quel giorno ero molto più lucida. Andrea piangeva ancora. Mi teneva la mano. Ma ormai sapevamo cosa aspettarci.

«Può succedere. E a volte non è possibile individuare una ragione precisa. Il cuore ha semplicemente smesso di battere. Mi dispiace, io… le sono vicino.»

Lo vedevo davvero dispiaciuto, in effetti, e preso. Ero convinta che i dottori fossero in qualche modo preparati ad affrontare delle situazioni del genere, che seguissero dei corsi per parlare con i familiari dopo un lutto, ma forse il medico che era toccato a noi era troppo inesperto, troppo vulnerabile al dolore che vedeva nei nostri occhi. Tanto da lasciarsi scappare quel goffo incoraggiamento: «Signora, lei è giovane, vedrà che ci saranno altre opportunità di avere un figlio».

Anche quella frase mi risuona spesso nella testa. Poche settimane dopo io e Andrea ci siamo lasciati. Davvero pensavo che senza di lui non avrei mai più voluto un bambino. Non mi interessava più.

Già, a ripensarci è stato proprio quello il click che mi ha fatto cambiare. Prima avevo sempre vissuto la mia vita, ed era così che la pensavo: al singolare. La mia vita. Dopo, invece, di vite ne ho avute due. Quella reale, quella del giorno dopo giorno. E quell'altra, la vita parallela. Una vita in cui il battito c'era, e c'era anche il bambino, e c'era anche Andrea al mio fianco, ed era il papà più felice del mondo.

Chissà come sarebbe andata. Però in quella realtà parallela non so se ci vivrei, ora. Mi sembra così distante da quella che vivo adesso.

Non peggiore, eh, e forse nemmeno migliore. Solo diversa. Diversamente felice, o frustrata, chi lo sa.

Di certo Andrea sarebbe diventato vegano. L'avrebbe fatto per me. Per noi.

O forse nella vita parallela sono io quella che ha ricominciato a mangiare carne?

Chissà che disastro di caos sarebbe stato avere un figlio. Forse non avrei avuto il tempo di curare l'alimentazione. Un petto di pollo buttato in padella e via.

Tutto in disordine. Tutto sottosopra. Tutto vivo.

E invece, guarda qui.

Le mie cose, ordinate e precise. Prendo il tagliere e inizio ad affettare zucchine, cipolle e zenzero rosa. Controllo la quinoa sul fuoco, ne assaggio due chicchi. Ancora cinque minuti.

Gli ingredienti già pesati, pronti per essere tagliati.

Devo smettere di pensare. E darmi da fare. In qualche modo, la vita parallela e quella reale stanno per incrociarsi.

Ecco, di nuovo a pensare a lui.

Non lo faccio perché provo qualcosa, però mi è rimasto dentro, c'è poco da fare. Dopo tutto quello che abbiamo vissuto insieme, come potrebbe essere altrimenti?

O forse c'è stato qualcosa che non mi ha mai convinto nel suo comportamento.

Non ho mai capito perché si è allontanato così, gradualmente.

Non me lo ha voluto spiegare, mi ha sempre detto che non provava più niente da tempo, e che l'aborto non c'entrava, quello era stato solo un punto di rottura e altre scuse di questo tipo.

Ero arrivata anche a pensare a un'altra, che idiota.

Invece l'ho capito dopo che quel bambino inaspettato era diventato importante. E non gli è andata giù come l'ho presa io.

In qualche modo sono andata avanti. Sono stata forte. O forse questa parola, «forte», è solo la scusa che ci diamo per giustificarci quando invece non ce la facciamo davvero a guardarci dentro? Quando ci illudiamo di essere riusciti a metterci addosso una corazza, mentre la verità è che siamo semplicemente scappati? Non lo so. Di sicuro non sono rimasta lì ferma a piangere per qualcosa di cui non ho avuto il controllo.

Il giorno dopo ero già a lavoro, e del resto che dovevo fare? Era un modo per distrarmi, per non pensare. In quei momenti i pensieri diventano quasi ossessivi e fanno male, proprio a livello fisico. Meglio uscire, distrarsi, fare quello che si faceva prima e anzi, anche quello che non si faceva.

In effetti è stato proprio qualche giorno dopo che ho aperto il primo profilo Instagram. Senza nessuna pretesa, senza nessuno scopo, non sapevo nemmeno come funzionasse. Solo ed esclusivamente per distrarmi.

Non avrei mai pensato che mi avrebbe portato così lontano, e neanche Andrea lo aveva previsto.

Guardo la foto del nostro primo viaggio, in Portogallo, a Oporto.

Il mare mi mette un senso di pace e angoscia al tempo stesso, è la fotografia perfetta dello stato d'animo di quel periodo.

E pensare che adesso dovrò andare dal suo opposto, la montagna. Sembra assurdo, ma anche la prospettiva di affrontare un ambiente per me così ostile e alieno mi ispira sicurezza. Perché, inutile mentire, con Andrea mi sono sempre sentita sicura.

Nulla può andare male, con lui.

E poi la testa mi spara di nuovo quelle maledette parole – Battito cardiaco fetale assente – e mi ricordo che no, non è vero. Anche con lui, le cose possono andare male.

Basta pensieri negativi. Non c'è da preoccuparsi. Siamo in buone mani, in ottime mani. Siamo al sicuro.

A proposito di sicurezza: devo ripassare la lista e vedere se c'è tutto.

Sono abituata ai megaprogetti, ma anche questo è grosso, e deve filare alla perfezione. Dobbiamo essere tutti sistemati a puntino, tutti ben truccati, sia gli uomini che le donne. Sarà la passerella o comparsata più faticosa che abbiamo mai affrontato, ma dobbiamo dare l'impressione di essere a nostro agio, sereni, come se fossimo in prima fila a una sfilata o a un evento.

Sorrido. Questa volta l'evento siamo noi, stiamo per portare noi stessi nel mezzo della natura più indifferente al mettersi in mostra dell'uomo che si possa immaginare. Tra poco saremo figurine colorate in mezzo al meraviglioso nulla del nevaio e del ghiaccio, in mezzo al silenzio del vento sottile e al severo sguardo delle rocce millenarie. Giocheremo sul contrasto, chiassosi giovani metropolitani immersi nella maestà della montagna: fame di bellezza, voglia di rischiare e persino un pizzico di spirito di cordata.

La lista dell'abbigliamento è stata oggetto dell'attento esame degli sponsor. Nella fatica dell'ascesa sarà facile che in alcuni passaggi ci verrà voglia di alleggerirci, così oltre al piumino, già indosso sulla funivia, si vedrà la giacca *windstopper*, oppure si noterà il marchio del pantalone tecnico, una volta tolto il sovra-pantalone in goretex. Per non parlare degli elementi sempre esposti: guanti, berretto, maschera da sci e occhiali da ghiaccio.

Per essere proprio sicuri, casomai accadesse un piccolo incidente, o un malore, nemmeno l'intimo è stato scelto a caso.

Insomma, niente pantaloni da neve vecchio tipo e giacche a vento di dieci anni fa pescate in un cassetto o in una soffitta, niente roba a noleggio a Pinzolo o a Madonna di Campiglio.

Siamo i VIP della salita, e andiamo su perché i brand si sono accordati con i nostri agenti per mettere in evidenza i pezzi della collezione più aggiornata, cioè quella della prossima stagione, unica condizione perché accettassero di pagare le spese e qualcosa di più.

Quasi quasi mi faccio anche una bag di emergenza alimentare, come nonna mi ha insegnato con i suoi cestini di un tempo. Mi hanno assicurato che c'è tutto, ma non mi fido. Quindi quinoa biologica, ma vera, biologica. Dentro. Semi di Chia. Dentro. Olio extra vergine DOP. Dentro. Tofu secco e scatolette di legumi vari. Dentro.

Con questa base qui, alla cucina dell'hotel possono prepararmi roba da mangiare per una settimana di fila.

Datemi verdure a sufficienza e vi posso scalare anche l'Everest.

Chiudo la borsetta, piano piano, metto in fila tutta l'attrezzatura. Ricontrollo l'orario del taxi. Le sei, ok.

Mi siedo sul tappetino giallo gommoso, accendo qualche palo santo nel braciere e inizio a meditare. Silenzio. L'immagine di Andrea che cammina in salita davanti a me durante la nostra prima escursione.

Cavolo.

Ma i ricordi possono fare male? Perché mi impediscono persino di meditare?

Non va bene, devo capire.

In fondo sono bei ricordi, e li voglio far rimanere belli a prescindere dal rapporto con lui.

Forse è proprio questo il punto: il nostro rapporto è ancora sospeso, aleggia come una nuvola minacciosa sulla nostra serenità.

Magari ci dovremmo chiarire. Dirci che l'aborto non è stato colpa di nessuno, come non è stata colpa di nessuno la fine dell'amore. E non è stata colpa mia se non riuscivo a sopportare il dolore.

E poi andare avanti, perché una persona come Andrea la vorrei nella mia vita.

Dove stava quel libro? Arrivo alla libreria e ne sposto due o tre, aveva il dorso verde. Ma perché mi prendo il disturbo di metterli in ordine alfabetico? Tanto poi non mi ricordo mai i titoli!

Ah, eccolo!

Mio Dio, ci avevo messo addirittura un post-it.

> Raramente un amore finisce senza lasciare tracce indelebili nei cuori dei due individui. Tuttavia, è nelle rovine di quell'amore che può nascere un'amicizia straordinaria. Quando l'amore romantico si dissolve, se resta il rispetto e la gratitudine per ciò che l'altro ha portato nella propria vita, allora si può costruire qualcosa di altrettanto prezioso. Questa amicizia porta con sé tutti i ricordi, le lezioni apprese e l'affetto sincero, pur liberandosi delle aspettative e delle pressioni che il romanticismo può implicare. È un'amicizia che ha il potere di durare per sempre, fondata sull'amore e sulla comprensione.

Chi me lo aveva regalato? Stefy mi sembra, sì. L'avevo rimosso, ma il concetto è rimasto dentro di me per tanto, tanto tempo. A lavorare in segreto.

Forse è per questo che ho mandato ad Andrea quella foto, perché vorrei riprendere i ricordi come base della nostra futura amicizia.

Oddio, spero che non abbia frainteso, non c'era nessuna intenzione maliziosa. Sì, insomma, non ho secondi fini.

Mi sto solo facendo venire le paranoie? A pensarci bene, forse l'ho mandata con troppa leggerezza.

E se è lui che si sta facendo dei film mentali adesso?

Afferro un limone dalla fruttiera e lo spremo. Scaldo l'acqua nel microonde e poi ci metto un po' di zucchero di canna e vaniglia.

Inizio a sorseggiarlo, è l'unica cosa che mi calma. Le luci intermittenti che vengono dal finestrone e i rumori del traffico domani saranno solo un ricordo.

Dopo qualche giorno mi mancheranno, lo so, ma sono sicura che quando tornerò li vedrò con altri occhi.

E con una nuova amicizia.

6

Andrea non era mai entrato in quell'hotel che svetta su tutti, in fondo alla grande collina. E dire che le strutture ricettive della zona le conosce molto bene. Ogni volta che a Madonna di Campiglio arriva qualche suo amico, o qualcuno legato al suo lavoro, lo va a prendere in uno dei tanti alberghi della città.

Ma questo è nuovissimo, tutto vetrate e legno. E poi, vogliamo parlare della sala riunioni che ha affittato Elio? Sembra l'interno di una navicella spaziale.

«Potevamo fare anche da me, non c'era bisogno di tutto questo sfarzo» dice Andrea appena mette piede nella sala, guardandosi intorno come a cercare un punto di riferimento.

Lo trova subito: è lo spettacolare paesaggio che si stende oltre la vetrata oscurata e larghissima, quasi a trecentosessanta gradi.

«Le cose o si fanno bene, o non si fanno» risponde Elio senza nemmeno guardarlo. «Per tua informazione, questo è fare le cose bene. Prego, accomodati.»

Andrea si piazza davanti al suo agente, tira fuori il tablet e lo sistema.

«Va bene, l'esperto sei tu. Senti, ho allungato l'elenco dei nomi, così possiamo scegliere meglio.»

«Certo, hai fatto bene, però ho una lista molto forte, studiata nei minimi dettagli. Ho analizzato tutti i profili e so...»

«Ma quello l'ho fatto anch'io.»

«Ho analizzato tutti i loro profili social partendo dai commenti, e ho incrociato i dati grazie all'AI per capire meglio i loro caratteri. Non possiamo avere gente irosa, instabile e via dicendo, ok?»

Elio fa un sorriso, Andrea annuisce. Sono amici, ormai: dopo tanti anni passati insieme, il rapporto di lavoro si è trasformato. Si sentono tutti i giorni, insieme hanno preso treni e aerei. Qualche volta si sono trovati anche a condividere una stanza di hotel. Inevitabile finire a parlare anche d'altro, oltre il lavoro.

Ma Elio ha come vari strati, il primo è super penetrabile, visibile a tutti. È la superficie di sensibilità e severità che ne fanno una persona unica nel suo campo. Poi c'è un secondo strato, quello fatto della sua famiglia, le sue origini e i suoi sentimenti più complessi. E infine c'è anche un terzo strato, che si riesce solo a intuire ma mai a vedere davvero. Andrea ha provato più volte a raggiungerlo, ma non c'è mai riuscito. E non si sa, di preciso, cosa ci sia ancora sotto. Forse qualche ricordo doloroso, qualcosa da dimenticare.

«Allora, abbiamo detto: Rosso, Sara Jean, Valentina, Fede, Santi Effe e Lilla» riassume Andrea scrollando la schermata sul tablet.

«Senti, io lo so che ci tieni» fa Elio tirando un grande respiro e guardandolo negli occhi. Si vede che è in difficoltà.

«Se non c'è Valentina non si può fare niente.»

«No, no, con Valentina nessun problema, è entusiasta, figurati.»

Sorride distogliendo lo sguardo, smanettando sulla tastiera. Andrea lo sa che Elio ha sempre avuto un debole per Valentina, e non solo dal punto di vista professionale. Ricorda bene quella strana sensazione che lo prendeva alla gola quando erano tutti e tre insieme. Era gelosia, certo. Ogni volta che li vedeva parlottare era come se qualcuno gli mettesse una mano sulla gola e iniziasse piano piano a stringere. Ma era vero che a quei tempi, i primi con Vale, era geloso di tutto e tutti. Mai più capitata una cosa del genere. Gli pareva che tutti gliela volessero portare via. Aveva dei sospetti pure su Fabio, il suo più vecchio amico.

Assurdo.

«E allora? Cosa mi stai per dire? Dai, sono pronto.»

«Purtroppo Santi Effe non potrà esserci, e nemmeno Lilla, mi dispiace.»

Andrea non risponde. Gelo.

Prende un respiro. Bisogna affrontare la cosa con calma, senza lasciarsi trasportare dalle emozioni. «Lilla è la mia migliore amica, e ha un grande seguito, è apprezzata anche dai giornalisti di inchiesta.»

«È proprio quello il punto. Va benissimo, nel suo campo è una grande, ma non è il nostro campo, non so se mi spiego. Il target di riferimento per questo progetto è diverso. Lei è, come dire, di nicchia, hai presente? Se io prendo un qualsiasi ventenne e gli faccio il nome di Valentina, lui sa chi è, o almeno l'ha già sentita. Se gli dico Lilla True Crime, quello mi fa una faccia perplessa e mi chiede: "Chi?".»

«Lilla ha tanti appassionati che la seguono e non si perdono neanche un secondo delle sue puntate.»

«Ecco, hai detto la parola magica. Appassionati. Noi non ci rivolgiamo agli appassionati di questo o quello. Noi parliamo a tutti. Lilla non è riconoscibile come gli altri. Per non parlare del numero di follower.»

«No, senti, come faccio a dirglielo? Mi metti in estrema difficoltà Elio, dai.» Andrea sbatte una mano sul tavolino di vetro lucido e freddo che fa sobbalzare il notebook dell'agente.

«Guarda che lo so che ci tieni, e ti garantisco che non è stata una decisione facile, ma i numeri sono i numeri». Allarga le braccia.

«Di Santi Effe posso farmene una ragione. E

poi, ci vogliamo dire la verità? Era entrata a far parte del progetto soprattutto perché ha un sacco di follower, ma stando a quanto si dice in giro i suoi numeri non sono reali. Lo so che è una cosa che al giorno d'oggi fanno tutti, che ci sono persino dei siti che con una decina di euro ti vendono i follower a pacchetti da mille... ma che ti devo dire, a me non piace. Quindi pazienza se lei non c'è. Però con Lilla è un'altra storia. Non posso deluderla. Ne stiamo parlando da giorni, si è gasata tantissimo.»

«Senti, adesso abbiamo la videochiamata, ne possiamo parlare dopo, che ne pensi?» Fa un sorrisino, ma non riesce a tranquillizzare Andrea che è scuro in volto e rincara: «Ma hai anche fissato la videochiamata senza dirmi nulla? Non è che hai già deciso anche cosa mangeremo a pranzo e a cena?».

Elio agita la mano come a dire quasi quasi. Andrea è contrariato ma si siede al suo posto.

«Vai, si parte» fa Elio.

Si collegano tutti contemporaneamente, sale un coro indistinto di «Ciao», «Come stai?», «Eccoci».

Manca però Rosso. Elio afferra il telefono. «Scusate ragazzi, voi intanto iniziate, Andrea farà gli onori di casa.»

Ci siamo.

Anni lontani, anni a ricercarla di tanto in tanto con l'immaginazione, anni a sognarla, ogni tanto. E in un attimo è lì, davanti a lui. Lo sguardo di

Valentina lo colpisce in pieno. Era convinto di ricordarselo alla perfezione, ma adesso si rende conto che si sbagliava. Perché quando quegli occhi si piantano nei suoi è come se li vedesse per la prima volta.

Cerca di non far trasparire nessuna emozione, un colpetto di tosse per schiarire la voce.

«Che immenso onore, che immenso onore avervi qui. Vi volevo ringraziare per aver accolto l'iniziativa con grande entusiasmo e, personalmente, vi posso assicurare che farò di tutto perché sia l'esperienza più bella della vostra vita.»

E per fortuna che si era preparato il discorso di introduzione. Mentre lo diceva ne ha dimenticato la metà.

Cerca di rassicurarsi. Nessuno si aspettava da lui dei grandi discorsi da Hollywood. Va benissimo così. E poi, chi potrebbe fargliene una colpa? Come si fa a restare concentrati se dall'altra parte dello schermo hai Valentina che ti fissa con quei capelli biondo platino e il suo sorriso smagliante? È seduta in una stanza decorata con toni pastello e piante esotiche, sorride, ma non sembra abbia voglia di parlare per prima.

«Andrea, è davvero un'emozione incredibile poter portare le nostre tematiche fuori e fonderle con altri, anche se, lo confesso subito, io di montagna non so molto. Dell'ultima volta che sono andata ricordo solo degli ottimi formaggi.» La voce energica di Sara Jean irrompe nella conversazione. È nel suo studio di yoga, circondata da attrezzi ginnici. La classica evoluzione della specie: parti da appassionata di una tematica, ti conquisti un seguito, diventi influencer, e poi arrivi allo stadio finale… l'esperta di yoga.

Si apre una nuova finestra, finalmente anche Rosso si è degnato di unirsi al resto dei comuni mortali.

«Eccomi, ciao a tutti, avevo capito alle 10.30, non alle 10.00. Il mio agente è un cretino, poi me ne consiglierete uno voi, ricordatemelo.»

Com'è nel suo stile, Rosso entra subito a gamba tesa, creando un silenzio che sembra di imbarazzo misto a fastidio. Solo Andrea ne resta immune.

«Dai, non te la prendere, al massimo ti presenterò Elio, hai visto che efficienza?»

Nei tanti riquadri in cui è diviso lo schermo si rincorre lo stesso sorrisino disteso. È riuscito a riportare la serenità.

«Io l'ultima volta che sono stato in montagna ho fatto delle escursioni pazzesche. Ad avere più tempo… comunque ciao di nuovo a tutti, benarrivato a Rosso, vecchia conoscenza, come stai?» Questo è Fede, dalla sua stanza che è un trionfo di luci led e poster di film di fantascienza e fantasy.

«Ciao Fede, ti vedo invecchiato oppure hai una webcam di merda?» Rosso inizia a ridere. Nessuno segue il suo esempio. «Dai, scherzavo» aggiunge.

«Scusate, volevo solo dirvi che l'idea di questa spedizione è davvero fantastica e spero di portare a casa molti ricordi, come quelli che ho legati alla montagna, bellissimi e commoventi.»

E questa voce, invece… Andrea non ha bisogno di guardare lo schermo per capire chi è stato a parlare.

Una semplice frase gli paralizza il cuore. In apparenza è un commento normalissimo. Banale, quasi. Ma con Valentina nulla è banale. Con lei, ogni cosa si riempie di significato. E quel riferimento ai ricordi legati alla montagna, del tutto insignificante per gli altri, per lui è un macigno. Cerca di distrarsi.

«Bene, potete aprire il file di presentazione che vi ho inviato?» fa Elio, rientrato dalle sue misteriose, infinite chiamate. «Come potete vedere, è segnato il percorso, le varie tappe, tutto nel dettaglio.»

«Posso dire una cosa?» fa Fede, alzando il dito davanti alla webcam. «Sinceramente trovo il titolo *Influencer alla conquista della montagna* superficiale e anche un filo machista. Non trasmette niente di cosa faremo e chi siamo, dà un'idea di sopraffazione del tutto fuori luogo.»

Gli altri annuiscono, Elio prende appunti e poi apre il microfono.

«Hai perfettamente ragione, lo cambieremo. Nel frattempo ditemi se ci sono altre cose che non vi convincono.»

«No, mi sembra tutto chiaro» fa Valentina, e gli altri annuiscono.

«Bene. Troverete alla fine della presentazione

un elenco con il materiale tecnico indispensabile, quello di uso quotidiano e non. Andrea si è anche premurato di allegare qualche semplice consiglio pratico e un manuale di uso e rispetto della montagna.»

Tutti fanno di sì con la testa.

«Ci sono domande?» aggiunge Elio, ma nessuno apre il microfono.

«Bene, detto questo, vi auguro un buon inizio di avventura, vi aspettiamo con ansia.»

Andrea guarda Elio di traverso, ma lui chiude la comunicazione dopo i saluti di rito.

«Ma ti sembra questo il modo? Fai tutto senza dirmi niente, te la sbrighi con una riunione di tre minuti e via. Guarda che è una cosa importante, eh! No, Elio non mi piace.»

Il manager sta armeggiando tra telefono e computer, lo ascolta, certo, formalmente lo ascolta sempre. Ma è distratto. E Andrea non può tollerare distrazioni. Non per questa spedizione.

«Ti chiedo di fare un passo indietro.»

Elio si blocca.

«Cosa?»

«Ti pregherei di non occuparti più di nulla per questo progetto. Solo della parte social e amministrativa. Quella organizzativa da oggi la gestirò io, e anche tutto il resto. Devo essere sereno, devo avere tutto chiaro. Ti prego, capiscimi.»

Si avvicina e gli mette una mano sulla spalla. Ma Elio si tira indietro e inizia a togliere tutte le sue cose.

«Ti capisco, Andrea. Forse ho esagerato, ma voglio solo la tua serenità e che la missione riesca.»

Taglia corto, com'è nella sua natura. Per l'ennesima volta, Andrea non è riuscito ad arrivare all'ultimo strato, quello più profondo. Nemmeno la rabbia, nemmeno la delusione, ne spalancano le porte.

I due si guardano, accennano un sorriso, poi Elio afferra la sua borsa e il giubbotto.

Si avvia verso l'uscita senza mai voltarsi.

7

«Mi sarebbe sempre piaciuto fare arrampicata, bellissimo.» Fede, con la sua tenuta total black, dalle scarpe agli occhiali da vista dalla montatura spessa, si aggira attorno ai muri attrezzati.

«Io l'ho fatta per tre anni, poi mi sono rotto le palle, una noia assurda» ribatte Rosso mentre scrolla il telefono, seduto su una panchina della grande palestra.

«Hai inondato il tuo profilo di miliardi di foto, me lo ricordo. Livello di "ossessione Rosso": arrampicata ogni due giorni.»

Rosso ridacchia, ma è evidentemente infastidito.

La grande palestra affittata per l'incontro e il primo briefing è super tecnologica, con angoli coloratissimi e attrezzata di tutti gli ultimi ritrovati del settore. Elio ha provveduto qualche ora prima ad allestire una zona relax con bevande energetiche e barrette proteiche, senza glutine, senza lattosio, insomma, per tutti i gusti.

Svetta un rack centrale con imbracature di vari modelli, caschi regolabili e diverse misure di scarpe da arrampicata.

Sono arrivati tutti da qualche ora, hanno avuto giusto il tempo di lasciare i bagagli in hotel, fare il check-in e arrivare lì in palestra.

Andrea è indaffarato a sistemare attrezzi, controllare scartoffie e mandare messaggi, ma è evidente che in realtà aspetta solo l'arrivo di Valentina.

«Ciao a tutti! Come state?» Un sorriso un po' tirato accompagna la domanda retorica di Sara Jean che arranca a fatica all'entrata con un borsone viola.

«Ciao cara! Da una vita che non ci si vede, ti vedo in forma!» le fa Fede dandole due bacetti sulle guance. Sara Jean non sorride.

«In forma? In carne, semmai. Ho problemi con la tiroide, non lo sai? Perdo e prendo peso come uno yo-yo.»

Lo sguardo di Sara Jean è così gelido che potrebbe combattere da solo il riscaldamento globale.

«Oddio, scusa.» Fede si porta le mani alla bocca. «Non me lo sono proprio ricordato, e comunque non volevo dire nulla di male, sia chiaro che secondo me le ragazze un po' curvy sono splendide.»

«Ciao, Sara Jean, è un onore averti qui.» Andrea e Sara Jean si sciolgono in un caldo abbraccio, tra grandi sorrisi. «Ti ha già importunato questo tizio?» aggiunge indicando Fede.

«No, no, figurati se mi lascio infastidire da uno come lui.»

Finalmente sorride, un po' più libera.

«Sempre miss simpatia, eh?»

Andrea sorride sotto i baffi, sa benissimo che quelle punzecchiate non sono provocatorie, ma solo fatte da persone che si rispettano e si conoscono da anni e sì, che si possono anche permettere di essere un po' cattive.

Rosso nel frattempo è sempre rapito dal suo telefono, Sara Jean gli si piazza davanti e inizia a battere il piede a tempo, come lui.

«Ehm...» con un colpo di tosse.

«Ohi! Ciao! Mica ti avevo vista, come stai?» Rosso le sorride ma non l'abbraccia, non la bacia.

«Tutto bene, dai, e tu?»

«Sto vendendo alcune criptovalute, ormai sono carta straccia.»

«Carta straccia per del denaro virtuale è una bella metafora.»

Rosso alza la testa per riflettere. «Ah sì? Non ci avevo pensato, in effetti. Ahahah... senti, dopo questa rottura di palle ci andiamo a fare subito due spritz, eh?» Le fa un occhiolino complice.

«Perché me lo chiedi così? Che vuoi dire?» Sara Jean sembra toccata nel vivo.

«No, lo dicevo solo perché ci prendiamo sempre delle grandi sbronze io e te, no? Se non ci fossi tu, sai che mortorio con questi... quella salutista a tisane, quell'altro non beve ma poi si spacca di roba chimica. Forse, e dico forse, uno che potrebbe unirsi a noi c'è. Quello lì.»

Rosso indica un ragazzo intento a sbrogliare funi e sistemare velocemente ganci e altro materiale. Ha la barba lunga e sicuramente non può avere più di trent'anni, e non è che ne dimostri molti di più, ma tra l'abbigliamento e qualche sguardo fuori dal tempo che tira fuori ogni tanto ci sono dei momenti in cui sembra quasi un centenario.

«Lui è Fabio Caola, mio amico da... boh, non lo so, l'impressione è che ci sia da sempre. Di sicuro all'asilo eravamo già insieme, ma forse pure prima, non ve lo so dire. Ho visto più lui in vita mia che mio fratello. Sarà con noi nella spedizione. Fabio!» Andrea urla verso il ragazzo, che si gira di scatto.

Il trentenne/centenario ha un passo pesante, sembra quasi goffo, tanto che Fede fatica a trattenere una risatina nervosa. E questo qui dovrebbe essere l'esperto di montagna?

«Fabio, allora che dici, ci conosciamo da troppo tempo?» Andrea fa un gesto plateale verso gli altri, che ormai sono riuniti vicino a lui.

«Eh sì, troppo davvero, e ancora non mi ha pagato nessuno» dice, strappando una risata collettiva.

«Sì, sì, questo è un montanaro d'altri tempi, beve più di te» sussurra Rosso a Sara Jean, coprendosi la bocca per non farsi vedere.

«Ma guarda chi ti ho trovato qui fuori.» La voce baritonale di Gianni rimbalza per tutta la palestra.

Entra trionfante con Valentina sottobraccio, ma lei è visibilmente imbarazzata. Fede fa partire un applauso, però lo raccoglie solo Rosso.

Andrea cerca uno sguardo che non arriva.

«Ragazzi, non esagerate, sono io a essere onorata di far parte di questo gruppo.»

Gianni se la stringe un'altra volta poi la lascia e lei inizia a salutare tutti.

Da Rosso, un abbraccio freddo.

Da Fede, un abbraccio prolungato come se non si vedessero da trent'anni.

Da Sara Jean, un sorriso tiratissimo e due timidi bacetti sulle guance.

Valentina prova ad avvicinarsi ad Andrea per abbracciare anche lui, ma rimane di sasso. Lui deglutisce a fatica e prova a dire qualcosa, ma a parte un «Ciao come stai?» non gli viene niente.

Anche perché lei non lo guarda in faccia e lui nemmeno ci prova più di tanto.

In fondo, l'ultima volta che si sono visti fisicamente erano ancora fidanzati. Si sono lasciati via messaggio con scambi di vocali chilometrici.

«Lui è Fabio, ma forse te lo ricordi» riesce a dire Andrea per distrarre la conversazione.

«Fabio, certo che me lo ricordo, come stai? Sempre qui in montagna eh?»

Il ragazzo sorride e le stringe la mano energicamente. «Ma sì, dai, dov'è che devo andare?» dice con una cadenza dialettale pronunciata.

Valentina lascia il suo borsone a terra e si siede con le gambe strette, in una posa timida e dimessa.

«Non ci faranno fare mica questa roba, una volta ci ho provato e mi sono sentita male» commenta Sara Jean indicando un manichino per la RCP.

«Giusto le nozioni base» commenta Andrea.

«Bene, iniziamo. Io sono Gianni, papà di Andrea, e alcuni di voi mi conoscono. Sarò la vostra guida insieme all'esperto Fabio Caola e ovviamente ad Andrea. Non vi annoierò, lo giuro!» Si bacia due dita mentre tutti lo seguono attentamente.

Si mettono in circolo e Gianni, con l'ausilio di Fabio, inizia a spiegare punto per punto.

Dall'importanza del casco con visiera integrata, che protegge dagli impatti di rocce e cadute di ghiaccio, passando per la prova pratica dello sgancio rapido.

Sono tutti determinati, a parte Rosso che sembra quasi insofferente – continua a fare battutine e a controllare il telefono ogni trenta secondi.

«Sei davvero un maleducato» gli fa Sara Jean, con un filo di voce.

«Ma già lo so come funzionano queste cose, ci vengo tutti gli anni in montagna. Il vero pericolo che corro qui è crepare di noia» risponde seccato.

Poi Gianni passa al controllo meticoloso dell'equipaggiamento personale.

Esamina scarponi, giubbotti, attrezzature da viaggio e quant'altro. Tra i vari «Ottimo, buono, questo non va, te ne do io uno» si conclude il briefing.

«Ragazzi, scusate.» Andrea prende la parola al centro della palestra. «Su quel banchetto troverete delle obsolete penne e dell'antica carta. Vi chiedo di scrivere due righe sulle vostre motivazioni, quello che vi aspettate dalla missione e le vostre sensazioni. Poi metterete il bigliettino in un luogo asciutto del vostro zaino. Lo leggeremo solo al ritorno, ok?»

Sono tutti un po' spaesati da questa richiesta, ma accettano. Ognuno si apparta in un angolo della palestra a scrivere. Anche Rosso, con riluttanza, afferra un foglio strappandolo via dal tavolo e si mette seduto su un tapis roulant.

Valentina guarda Andrea all'altro angolo, si fissano per più di tre secondi. Poi chinano entrambi la testa e iniziano a scrivere.

8

Federico

Sapevo che incontrarli di nuovo tutti non sarebbe stato facile, ma è stato bello. Un pomeriggio così limpido, guarda che roba meravigliosa.

Apro per un attimo la finestra della camera, entra un freddo che mi punge il viso, ma è piacevole osservare i colori delle montagne e tutto il resto. Così chiaro e netto.

A Bologna certe cose me le sogno, e anche a Roma.

Già, tutto così chiaro e limpido. Sarebbe bello avere questa stessa limpidezza anche dentro. Al momento io ho solo tanta oscurità. Alcuni di loro me la riportano a galla, altri la diradano.

Ma lo sapevo già che sarebbe stato così, no? Non me la posso prendere con loro, sono io che dovrei urlare al mondo certe cose e invece faccio finta di niente e sorrido, cavolo.

Mi appoggio sul letto morbidissimo e fisso la parete di legno lucido, inizio a scrollare un po' il telefono. Mi compare un post di Lilla True Crime. Chissà quanto ci sarà rimasta male di non essere stata invitata, è la migliore amica di Andrea. Però i suoi argomenti sono un po' pesanti per una spedizione che deve dare toni positivi alla montagna e al mondo degli influencer.

«Nuove scoperte sul mostro di Firenze – In anteprima – Puntata speciale.»

No, ti prego, ancora il mostro di Firenze, tremendo. Questo insistere sulla parte macabra delle storie, sulla mente malata degli assassini, proprio non lo capisco. Abbiamo già i nostri tormenti interiori, figuriamoci se abbiamo bisogno di quelli degli altri. O meglio, a tanta gente piace, ma a me dà fastidio. Se potessi fare una puntata vera sui miei tormenti… figuriamoci cosa uscirebbe fuori. E oggi sono settantatré giorni che non tocco nulla, di demoni danzanti ne ho a bizzeffe.

Lo avrei condiviso con loro questo traguardo, mi sarebbe piaciuto. Come dicevano in terapia: «Giorno dopo giorno. Un giorno speciale ogni giorno». E forse prima o poi lo farò davvero. Chissà, di certo non potevo arrivare lì in palestra e dirlo a tutti. Per l'atmosfera che c'era, poi, avrei rovinato la festa. Soprattutto ad Andrea e al suo fantastico modo di coinvolgere le persone con il sorriso, pragmatico, affascinante. Però come uomo non mi attira nemmeno un po', strano. Cosa che non posso dire invece di Rosso. Quel suo fare sprezzante e cinico mi ha sempre attratto e mi maledico per questo. Mi maledico per aver ceduto quella sera a Londra. Se non fosse stato per quella maledetta festa dei cortometraggi, cavolo.

Non voglio dare la colpa a lui, in fondo sono stato io ad aprirmi, a svuotargli addosso il mio periodaccio di stress, i dolori fisici del mio lavoro.

E poi è arrivato quel tizio, con gli occhiali scuri anche al chiuso e quell'accento strano. Non ricordo nemmeno come mai abbiamo iniziato a chiacchierare, neanche Rosso l'aveva mai visto. Quella scatoletta di metallo che ha tirato fuori all'improvviso, invece, me la ricordo benissimo.

«Questa roba l'ho presa nel dark web, non vogliono che la gente soffra di meno, a loro piacciono le persone sofferenti per aiutarle con le medicine, prova.»

Avrei potuto dirgli di no. Avrei potuto rispondere che erano cavolate da complottisti e che non credevo a nessuna frase in cui il soggetto fosse un «loro» non meglio identificato. Avrei anche potuto dire che non mi servono sostanze per alleviare i traumi. E che cosa ho fatto invece? Ho preso quella roba. Non ho saputo dire di no.

E dopo non ho saputo dire di no a Rosso. Bel casino, tutto in un'unica serata.

Che cretino.

Perché poi, appena provata quella Special K, sono caduto nel baratro. Un anno di sofferenze, di irritazioni da astinenza, gente che mi ha fatto terra bruciata attorno e anche qualche follower che ha iniziato a far circolare la voce.

Mi alzo di scatto e prendo il trolley, inizio a sistemare tutto. Nervoso, ma determinato.

Sì, perché me l'ero detto che questa doveva essere la mia occasione di riscatto. Andrea non mi ha fatto terra bruciata, anzi, mi ha allungato un ponte di contatto, gettato un'ancora di salvezza e non dovrò deluderlo.

Apro il beauty case, tiro fuori quel pacchetto avvolto in mille giri di cellophane. Mi ricordo che mio padre, quando aveva smesso di fumare, si era messo un pacchetto di sigarette in macchina e uno nel cassetto della scrivania.

«Così sono tranquillo che se mi prende il matto di volerne fumare una, ce l'ho sempre a portata di mano.»

Certo, i veri influencer non fumano. Nel nostro mondo, devi essere sempre troppo perfetto per essere reale.

Forse il metodo di mio padre funziona anche con questa roba. Anche se il mio scopo nella missione non è solo non toccarla, ma anche buttarla, togliermi quest'ultimo residuo di dipendenza.

E voglio anche chiarire con Rosso, che ha già iniziato a fare battutine e allusioni. Non lo sopporto più con quel suo modo da finto macho che sfoggia sui social… e poi viene a rompere le palle a me. Gioca sul fatto che mi attrae in modo inspiegabile, certo, ma siamo così distanti. Lui tutto costruito e razionale, io naturale e istintivo. E poi c'è la storia di quel post omofobo di febbraio, non glielo perdono. Ok il personaggio, ma quello proprio no.

Anche perché questo famoso personaggio mostra le prime crepe. L'ho visto sulla difensiva in palestra. Non è il solito Rosso. Quasi come se avesse qualcosa da nascondere anche lui. Le battutine a Sara Jean sul suo presunto alcolismo... boh, mi sembravano proprio fuori luogo.

Forse un fondo di verità c'è, perché lei quando è in compagnia beve in modo imbarazzante. L'ho vista qualche volta perdere conoscenza su un divanetto.

Eppure la sua passione per la natura e l'ecologia è contagiosa e a volte mi sento inadeguato al suo confronto. Le sue tematiche sono così importanti e profonde, e lei sembra così pura nelle sue intenzioni. Non come Rosso, appunto, e nemmeno come Valentina. Cavolo, non sono riuscito a guardarla negli occhi.

Da quando è diventata una star e si riempie la bocca di frasi fatte sul buddismo e lo stile di vita consapevole mi sento distante anche da lei. Sembra sempre avere una risposta pronta per ogni dilemma esistenziale. Forse sarà anche questo, mescolato alle robe del passato, a rendermi difficile guardarla negli occhi senza sentire un nodo allo stomaco. In ogni caso non riesco a mantenere la tranquillità. Con lei vicino, la tensione è palpabile. C'è come una corrente sotterranea che non smette mai di vibrare. E serpeggia anche tra lei e Andrea. Io so tutto della loro storia, gli altri invece quasi nulla.

Mi siedo sul letto, afferrando il telefono per registrare il mio video diario. Le mani tremano appena mentre premo il pulsante di registrazione.

> Ciao a tutti dal vostro Fede. Eccoci al primo giorno della nostra spedizione a Madonna di Campiglio, la cima del Grostè ci aspetta. Come mi sento? Gasato, sì, ma anche un po' nervoso. Il nostro gruppo è fighissimo, ve lo avevo già detto nel video precedente dall'autogrill. Ma voglio ribadire che Andrea, l'organizzatore, Valentina, Sara Jean, Rosso, e anche Gianni e Fabio che saranno i nostri «sherpa» per la spedizione, sono fantastici e preparatissimi. Questa sera cena con tutti loro, aspettatevi un miliardo di foto. A dopo!

Stop. Metto qualche hashtag e lancio il telefono sul letto.

Vado in bagno e mi guardo allo specchio.

«Raga, la verità è che non so cosa aspettarmi da questa spedizione, ma una cosa è certa: sarà un viaggio non solo fisico, ma nel cuore della mia dipendenza. Un modo per riprendere me stesso da dove l'avevo lasciato prima del buio. E io vi giuro che sto combattendo ogni giorno, e questa esperienza sarà un banco di prova per la mia determinazione.»

Pronuncio il discorso a me stesso con le mani poggiate sul lavandino. Quest'ultima parte del messaggio che nessuno sentirà mai.

Inizio a scegliere cosa mettermi stasera. Sul sobrio? Sull'eccentrico? Ecco, maglietta crop e jeans ampi. Outfit perfetto. Con gli occhiali verdi, sì, sì. La cena sarà tra poco, e ho bisogno di raccogliere le forze per affrontare la serata.

Respiro profondamente, cercando di calmare la mente. Devo rimanere concentrato e presente, prendere ogni giorno come viene e cercare di trovare un equilibrio nel caos delle mie emozioni.

Posso resistere. Posso farne a meno, e lo farò.

9

Il ritrovo era alle sette davanti all'Ambiez, un van nero è già pronto per accoglierli. Gianni, Fabio e Andrea stanno finendo di caricare attrezzature, zaini e giacche, mentre Rosso esce lentamente dall'hotel. Porta gli occhiali da sole, anche se è ancora buio.

Guarda i tre che lavorano, si ferma. «Io vi ammiro, sapete?»

Nemmeno lui sa che reazione sperava di ottenere. I tre fanno un mezzo sorriso e continuano il lavoro.

«Ammiro le persone che riescono a capire cosa sia la realtà prima delle nove del mattino, siete i miei eroi.» Si trascina dietro uno zainetto che butta svogliatamente nel portabagagli. «Non so come ho fatto ad arrivare per primo.»

«Primo? Ultimo, semmai. Guarda che se non ti dai una mossa non ti lasciano nulla per colazione» risponde Andrea divertito.

Rosso si guarda intorno e scappa all'interno dell'hotel urlando: «Lasciatemi un caffè o vi uccido!».

In quel momento dalle porte escono Valentina, Sara Jean e Fede.

«Così ci fai sfigurare però, guarda che roba» fa Sara Jean ad Andrea osservando la sua tenuta. Abbigliamento tecnico Salewa, pantaloni da trekking resistenti all'acqua e una giacca a vento traspirante rosso fuoco. «Buongiorno, pronti per l'avventura?» dice con un sorriso, mentre si allaccia gli scarponcini in goretex impermeabili.

Valentina ha uno zaino Osprey tempestato di badge dei suoi viaggi. Indossa una maglia termica e pantaloni da trekking della Columbia.

Sara Jean invece va sul classico, un gilet North Face con membrana in goretex sopra un maglione di lana sintetica. È visibilmente nervosa e si massaggia una spalla.

«Eccomi, caffè volante e sono ready, boys.» Rosso è tornato, e anche lui è preparatissimo a livello di abbigliamento, e in più riesce sempre a conservare una certa eleganza. Si guarda il suo completo Mammut di ultima generazione mentre sistema le lenti sulla GoPro Hero10.

«Fate un sorriso, fatene due, fatene tre, fatene quattro» ordina agli altri mentre rotea la testa per una panoramica con la videocamera.

Andrea si avvicina dandogli una pacca sulla spalla. «Senti, pensavo di fare qualche ripresa con il drone DJI Mavic Air 2, durante la salita. Però io non sono un esperto, tu lo conosci?»

«Mmm… non è male, ma ho sentito che in quota dà problemi, vediamo, dai, ci penso io.»

Fede è il più fosforescente di tutti, dagli scarponi alla giacca. Rosso ha un caricatore solare Anker attaccato allo zaino e una batteria portatile per i suoi dispositivi.

«Ci siamo tutti allora, andiamo.» Andrea fa cenno agli altri di salire sul van.

Il viaggio è breve, giusto venti minuti, ma Andrea e Fabio a parte, sonnecchiano tutti con la testa poggiata al sedile e gli occhi chiusi.

Il van entra nel parcheggio della funivia del Grostè.

Radunato il gruppo, Gianni decide che è ora di alzare un po' i giri del motore al gruppo. Quindi, via con un po' di stretching e risveglio muscolare. E poi con le ultime raccomandazioni: «Bene, restiamo sempre uniti. Concentriamoci, sentiamo il corpo che si adatta alla fatica e la fa sua. Vigiliamo sul respiro, evitiamo strappi. Cerchiamo di assumere un ritmo adeguato. Non siamo in gara e nemmeno dobbiamo stupirci di farcela meglio di quanto pensassimo, cosa che potrebbe spingerci a credere di poter accelerare senza problemi. Ricordate il passo in salita, ne abbiamo parlato, date fluidità al movimento. Quando servono soste per foto o altro, avvisatemi e ci fermiamo. Seguiamo il canalone nord fino alla cima».

Tutti osservano nella direzione indicata. Non sembra per nulla pericoloso. Le inquadrature dei cellulari metteranno in risalto il distendersi del percorso in mezzo al bianco e le alte pareti di roccia, le riprese daranno l'impressione di una difficoltà crescente.

Ma sarà solo un'impressione.

Il vento è gelido, c'è ancora neve in giro. Afferrano tutti i loro zaini, Sara Jean tira fuori una piccola borraccia di metallo. Un paio di passi indietro, rotea il busto – ed ecco che si è tirata in disparte. Fa un sorso rapido.

Rimette la borraccia nel giubbotto.

Nessuno se n'è accorto. Forse.

«Ragazzi, abbiamo anche il San Bernardo con il fiaschetto! Tranquilli, se vi sentite male, fate un fischio a Sara» commenta Rosso ad alta voce, indicando Sara Jean che diventa prima bianca e poi paonazza dalla vergogna.

«Il solito cretino» dice Fede a Rosso. Sara Jean, a testa bassa, non risponde e si rimette lo zaino in spalla sotto gli occhi dispiaciuti di tutti.

«Dai ragazzi, cerchiamo di restare concentrati, e niente offese» fa Andrea indicando l'inizio del percorso.

Sembra una stradina di campagna come tante. I ragazzi si avviano con tranquillità. In testa Gianni, poi Fede, Valentina, Fabio e Rosso. Sara Jean è proprio tra Rosso e Andrea, che chiude la fila e controlla il gruppo intero.

Si sono preparati, certo, ma non sono tutti nati e cresciuti tra quelle vette, e non tutti hanno iniziato a respirare mettendo nei polmoni quell'aria fredda, quasi dura. E chi invece la montagna la conosce da sempre si sente a disagio in mezzo a tutti quegli schermi, quei follower che sono sempre accanto a loro e allo stesso tempo sempre lontanissimi.

Insomma, per la prima mezz'ora c'è un silenzio assoluto. Occhi fissi sul sentiero, un passo avanti all'altro, e via così.

Più si va avanti, più c'è neve. Ma è sottile, e fresca. Scricchiola sotto i passi.

Un suono regolare e ripetitivo. Quando ci fai l'abitudine, diventa un rumore di sottofondo rassicurante. Ma poi arrivano le urla.

«Fermi, fermi, fermi!» Sara Jean è finita a terra. Geme, trattiene le imprecazioni, Andrea e Fabio corrono subito ad aiutarla.

«Mi sono fatta male di brutto, quel maledetto pezzo di ghiaccio a terra, cavolo che dolore.»

Andrea non dice nulla, gli basta un'occhiata per capire che non ci sono fratture. Le slaccia delicatamente lo scarpone, la aiuta a stendersi.

Tutti gli altri sono fermi a guardare, preoccupati.

«Ti fa male se faccio così?»

«No.»

«Così, se lo giro un poco?»

«Un pochino.»

«Una piccola storta, niente di grave, te la senti di continuare?»

«Certo che sì.»

«Allora ti faccio una piccola fasciatura elastica, stretta.»

Andrea tira fuori dallo zaino il suo kit Rescue, e in due minuti rimette in piedi Sara Jean.

Valentina tira fuori il telefono nervosamente.

«Mamma mia ma è bellissimo!» e inizia a crivellare di foto un camoscio poco lontano.

«Ne vedrai a decine, dai riprendiamo che siamo solo all'inizio. In marcia!» dice Gianni, il capocordata. E il gruppo riparte, bastoncini alla mano.

Fede allunga il passo e si avvicina a Rosso.

«Guarda che puoi fingere anche meno. Si vede lontano un chilometro che stai facendo il vago» gli dice mentre gli è quasi a fianco. Rosso non gli risponde, non lo guarda nemmeno in faccia.

«Ma ci sei o ci fai? Guarda che mica lo vado a dire in giro, lo so che devi far vedere quella maschera lì, non sono scemo.»

Rosso continua a mettere un passo dopo l'altro, labbra serrate e passo regolare. Si finge affaticato, apre la bocca come per prendere aria, ma in realtà il suo respiro è regolare, sicuro. Non risponde.

«Sei proprio un coglione, e non capisco come ho fatto. Forse è che sono un coglione anche io.»

Fede rallenta e torna al suo posto.

Sono passate quasi tre ore e il gruppo è a buon punto.

«Ragazzi, tra dieci minuti dovremmo arrivare

in un piano abbastanza largo, ci fermeremo per una sosta» urla Gianni al gruppo.

«Dai, tenete duro, state andando alla grande» li incita anche Fabio.

La fatica si legge sulle facce di tutti, tranne su quelle di Andrea, Fabio e Gianni, i veterani.

E poi passano davanti alla grotta. Quella grotta. Valentina la riconosce subito. Si erano rifugiati lì con Andrea, una vita fa. Per un attimo pensa a quanto sia azzeccata quell'espressione. Una vita fa. E sì, era davvero un'altra vita. Con il cuore che adesso è incendiato non solo dalla fatica, si volta di scatto per cercarlo. Andrea la guarda e le fa segno. «È quella» sillaba con il labiale.

Valentina si gira più volte, sembra emozionata anche lei. Ne hanno riparlato ieri sera, e a lungo, ma cercano di non darlo a vedere più di tanto agli altri.

Ecco finalmente lo spiazzo, Rosso getta a terra lo zaino. «Mamma mia, tosta eh?» fa a Sara Jean, che non gli risponde. In quel momento il vento solleva una fitta nube di neve che cattura la luce del sole e la disperde in mille riflessi sgargianti.

Tutti piantano i bastoncini a terra e si sfilano i guanti. Fabio inizia a distribuire delle barrette energetiche Clif Bar.

Respirano. C'è qualcos'altro, nell'aria. Non solo il sollievo di riposare le gambe. Forse è... tensione?

«Ragazzi, l'ultimo tratto sarà davvero duro, vi chiedo la massima concentrazione, ora non possiamo più scherzare. Ci sono dei tratti pericolosi e gli imprevisti sono sempre dietro l'angolo, ok?»

Tutti annuiscono. Gianni si avvicina ad Andrea. «Non hai notato niente di strano?» gli fa sottovoce.

«Sembra che il tempo stia cambiando, ma le previsioni dicevano proprio il contrario.»

«Ricontrollo, ma in ogni caso, teniamo gli occhi ancora più aperti, ok?»

Chiama Fabio: «Mi raccomando, controlla ossessivamente sul cellulare gli aggiornamenti meteo. E intendo ossessivamente in senso letterale».

Preoccupati, scrutano il cielo. Non era così che doveva andare.

10

Sara Jean

Molti penseranno che sono invidiosa, che me la prendo con Valentina perché è bella e perché ha un sacco di successo e pure un sacco di follower – follower veri, eh, gente che la segue perché vuole sentire quello che pensa, niente bot, niente numeri gonfiati tirando fuori quattrini.

Ma a me sinceramente non interessa. La bellezza è importante, ma passa presto, e poi non è che ti puoi vantare di come si sono rimescolati i DNA dei tuoi genitori, non è mica merito tuo. Non mi interessa niente nemmeno del successo. Mi serve solo per far arrivare il mio messaggio a più gente possibile. E anche per far vedere che una donna omosessuale è una persona come le altre, che ha il diritto di vivere in coppia, avere un figlio e amare.

Già, amare.

Non la sento da due giorni Cristy, controllo il telefono di continuo, ma niente. Quanto mi fa incazzare quando fa così. Anch'io ho i miei momenti di rabbia, ma dopo due minuti mi passa tutto, invece lei li deve allungare per settimane.

E lo sapeva che sarei dovuta venire qui, sapeva che quando litighiamo e non mi parla poi vado in ansia. E quando ho troppa ansia…

Ho fatto una figuraccia quando quel cretino di Rosso ha urlato quella roba sul cane San Bernardo, ma avevo proprio bisogno di mandare giù qualcosa. Mi volevo solo scaldare un po'. E invece quello stronzo mi ha trattata come avessi rapinato qualcuno, non lo so. E non sopporto di sentirmi nuda e derisa per le mie fragilità.

Quello sbruffone maleducato prima o poi me la paga, è da quando sono arrivata che mi ha presa di mira.

Qualcuno dovrebbe insegnargli come si sta al mondo. Una bella lezione. E pensare che Andrea me l'ha messo pure davanti in salita.

Eccolo qui, di nuovo.

Continua a bloccarsi sul sentiero, così vado a sbattergli addosso e lui si fa un sacco di risate sguaiate.

Per fortuna che dietro ho proprio Andrea, almeno mi sento più sicura. Lo vedo un po' giù però, niente di grave, è il solito Andrea di sempre, solo che… non so come dire, è come quando sbagli il filtro alla foto e ti perdi tutti i colori più brillanti: ecco, Andrea è un po' spento, come se fosse una versione quasi in bianco e nero di sé stesso.

C'è un'ombra di tristezza sul suo volto. O forse non è tristezza. Mi chiedo se stanotte non sia successo qualcosa.

O meglio, quello che mi chiedo è se non sia successo qualcosa a lui, perché in quell'hotel di cose ne sono successe parecchie, questo è poco ma sicuro. È vero che quando sono andata a dormire ero ridotta male, lo ammetto – quel rosso andava giù che era un piacere, mi sa che non mi sono controllata tanto.

Non ero la persona più lucida del mondo, insomma. Ma bisognava essere proprio svenuti per non accorgersi del via vai in alcune camere, la strana elettricità che percorreva i corridoi, le frasi sussurrate.

Andrea e Valentina? D'altronde non ci sarebbe niente di male nel ritorno di fiamma tra due che sono stati insieme, sono liberi e felici, che problema c'è?

Mica come la mia ex che mi lascia i post-it sulla porta di casa, proprio per farli leggere a Cristy.

Se penso che tutta questa tensione è figlia di quei bigliettini trovati appena prima di partire mi viene voglia di andare lì da lei a dirgliene quattro.

Meglio girare pagina.

Mi guardo intorno e noto la distanza tra Andrea e Valentina, come ieri sera a cena (ma non dopo cena).

Andrea non me la racconta giusta. Si è voluto mettere apposta lontano da lei? Non si sono nemmeno salutati stamattina, ci ho fatto caso.

Ma anche ammesso che ci sia stato un ritorno di fiamma tra loro, sono sicura che ci sia sotto anche qualcos'altro. Troppo movimento davanti alla mia camera, ieri notte. Non potevano essere solo loro due. Scommetto che qualcuno o qualcuna si è portato in camera un tizio o una tizia conosciuti su Tinder. Chi potrebbe essere? Rosso? Lui l'account ce l'ha, lo so. Fede? Ci credo meno.

Io non ci ho nemmeno pensato. Ci sto troppo sotto con la storia di Cristy.

E lo so che mi dovrei godere questa avventura, ammirare in silenzio queste vette mozzafiato, eppure non ci riesco. La mia mente è paralizzata su di lei. È da stamattina che scatto foto di piante e vegetazioni strane che vorrei farle vedere ma poi il dito mi si blocca prima di premere Invio, neanche si fosse congelato. E il freddo non c'entra niente, è solo l'orgoglio.

E anche la consapevolezza che sta giocando sporco.

Sapeva che ci sarei stata male, sapeva che dovevo venire qui, eppure ha dovuto lo stesso far esplodere quel casino.

Chissenefrega, che se ne stia da sola a pentirsi dei propri errori. Come se lei invece non sbagliasse mai, figuriamoci.

Oddio, questi scarponi sono strettissimi sulla

fasciatura poi, da morire. Quasi quasi chiedo ad Andrea di fermarci e sistemarli, ma non voglio spezzare il ritmo.

Procediamo con un'andatura non male, non me lo aspettavo nemmeno da me stessa.

E quella pianta cos'è?

Faccio la foto al volo senza fermarci.

L'ho fatta per me però, non per Cristy.

Tutte queste specie le voglio studiare con calma, il progetto di reinserimento dei lupi al parco svedese è quasi ultimato. Mi ha tolto completamente le forze, ma sarà una soddisfazione enorme. E queste piante potrebbero essere inserite per ricreare un ecosistema di montagna. Più si va in quota, più si trovano specie intatte, non imbastardite dall'uomo, e questo è uno degli altri motivi per cui ho accettato.

Fede dice che sono spocchiosa perché mi occupo di tematiche «importanti» – e ogni volta che pronuncia questa parola fa le virgolette in aria con le dita, una cosa che non sopporto. Dice che lo faccio pesare agli altri. Ma non è colpa mia.

Sono loro che si sentono in colpa per aver fatto successo grazie a delle qualità che, diciamocelo chiaro e tondo, sono ben poca cosa se uno pensa alle sorti del mondo. Forse l'unico a cui devo riconoscere qualche merito è Rosso, perché è sincero quando parla di quello che fa. Anche se lo odio e non riesce a dire neanche una parola senza inquinarla con la sua strafottenza e il suo sarcasmo, forse è l'unico vero di tutta la comitiva.

No, adesso sto esagerando. Ci sono anche Gianni e Fabio. Loro sì che hanno conservato la loro purezza, non hanno secondi fini e tengono sempre di riserva una parola buona per tutti.

Sento da lontano il chiacchiericcio di Valentina. Accidenti, non la sopporto. Quello che non riesco a far capire agli altri è che è la sua superficialità a darmi fastidio. Come si può sprecare del tempo a fare dei video sul miglior divano fatto con materiali riciclati?

Non è una cosa che fa bene all'ambiente! Perché nessuno lo capisce? Come è possibile che siano tutti così ciechi? Se vuoi far bene all'ambiente dovresti riparare il divano che hai già! Non comprarne uno nuovo.

E invece lei si mette davanti a quel suo maledetto telefono, fa un sorrisone, tira fuori la sua bella voce squillante e giù a dare consigli a tutti neanche fosse un santone indiano. Insopportabile.

Dovrei essere più accondiscendente, lo so. Anche prima, quando quel cafone in bici ha superato la cordata e ci è mancato poco che mi facesse cadere, non ce l'ho fatta a non reagire.

Ho esagerato, me ne sono resa conto, e ho fatto fare pure una figuraccia ad Andrea. Mi ha detto che in montagna non ci si comporta così. Però con Vale è diverso, mi istiga proprio qualcosa dentro.

Mi sono anche chiesta se fosse una sorta di attrazione – me lo sono chiesta tante volte, in realtà – ma no, non mi piace né fisicamente, né caratterialmente.

È solo il mio opposto. E non sempre gli opposti si attraggono. Anzi. Molto più spesso, si respingono. E si combattono.

11

È arrivata l'ora di ripartire. Li aspetta l'ultimo tratto prima della cima. Per Valentina sarà l'ultimo della sua vita, per gli altri l'ultimo ricordo di una vita precedente.

Bisogna andare.

Andrea sistema i moschettoni sul suo imbrago Petzl, controlla di nuovo il GPS e il meteo, lasciandosi addosso la sensazione che ci sia qualcosa che proprio non torna.

«Pà, ho ricontrollato un'altra volta, non mi torna, senti il vento che arriva da est?»

«Hai ragione, Andrea. Andiamo un po' avanti e poi valutiamo.»

Gianni non riesce a nascondere l'orgoglio nel vedere suo figlio così padrone della situazione, così preparato e attento. In effetti è la prima volta che lo vede in azione con altre persone, e da questo capisce anche quanto il suo carisma sia stato determinante per la carriera che ha fatto.

Sono qui, nella loro montagna, con altre persone al seguito. Le loro uscite, fin da quando Andrea era poco più di un bambino curioso, e fino a qualche anno fa, erano sempre momenti intimi, di raccoglimento. Al massimo, con qualche amico.

Quella di Gianni è sempre stata – anche inconsciamente – una presenza ingombrante. Il capo spedizione è sempre stato lui, anche quando era Andrea a organizzare tutto e ad andare avanti. Ora invece suo padre lo vede come un vero leader, e quasi si commuove a pensarci.

Si rimette i guanti e afferra i bastoncini.

«Ok ci siamo, zaini in spalla e occhi attenti. Ricordatevi di bere spesso e di avvertire subito il compagno che avete vicino in caso di problemi. E intendo qualsiasi problema, anche se vi dovesse sembrare insignificante. Perché, ricordate, in montagna non esistono problemi insignificanti.»

«Andremo piano, non abbiamo fretta, il tempo è buono e l'importante è arrivare tutti in sicurezza» aggiunge Fabio con il suo vocione.

Rosso si avvicina ad Andrea mentre si allaccia la sua GoPro. «Senti, il drone qui è sprecato, non c'è ancora un granché ed è pieno di alberi. Poco prima di arrivare in cima, quando mancano venti minuti lo facciamo alzare, ok?»

«Ok, così magari ci fa una ripresa del nostro arrivo.»

«Certo, da paura!»

Ripartono con una concentrazione diversa. Il silenzio di quei luoghi li rende tutti uguali, chi torna lassù per la millesima volta come chi non ci aveva mai messo piede prima: tutti umili, piccoli, estasiati e colmi di meraviglia, tutti persi nell'incanto. Le emozioni possono scorrere libere. Andrea sente il peso dell'attrezzatura sulle spalle. Per molti è sinonimo di fatica, di sofferenza. Non per lui. Anzi, è come un incantesimo che lo ancora al presente e allo stesso tempo lo riporta nel passato, gli fa rivivere le escursioni che ha fatto, gli ritrasmette tutte insieme le sensazioni vissute, le parole dette. Come se avesse di nuovo intorno le persone che lo hanno accompagnato nelle sue escursioni.

Ogni volta gli arriva improvvisa nel cervello la stessa riflessione, e ogni volta lo colpisce con una intensità sempre nuova. Ama la sua vita in città, ama il caos e la confusione, ama le amicizie e le serate... ma la montagna sarà sempre il suo mondo. Il luogo in cui può essere il vero Andrea, al cento per cento.

Stavolta alla guida del gruppo c'è lui. Poi Rosso, Valentina, Fabio, Fede, Sara Jean e Gianni a chiudere.

Sara Jean poco prima di ripartire ha confessato a sé stessa che non sarebbe riuscita a proseguire senza un aiutino. Quindi ha bevuto, e appena ha sentito quel bruciore sul palato, quella sensazione che detesta e ama, se n'è pentita.

Rimorso e alcol, una brutta combinazione.

Ma in qualche modo deve mettere a tacere le sue ansie, se non vuole che le infestino la mente e la facciano impazzire.

Solo che bere sembra una soluzione solo per un po'. Dopo le ansie tornano. Più forti.

«Fede, ieri sera ho sentito un via vai nella tua camera, non è che pure tu ti sei lasciato trascinare dal fascino di Grindr? Un casino tutta la notte.»

Fede si blocca per un attimo e la guarda fissa.

«Ma perché devi sempre essere così? Innanzitutto, quello che senti e vedi tu la notte è da filtrare, a dire poco. E poi, anche se fosse, saranno fatti miei, o devo mettere sui social anche quando vado in bagno?»

È un'occasione troppo ghiotta per Rosso, che infatti si intromette al volo. Era più avanti, ma si blocca subito e si lascia raggiungere, per poter infondere nella discussione una punta di acidità e cattiveria davvero pura e inaspettata. «Non ti vorrei mai avere come testimone in un processo. Rischierei l'ergastolo da innocente, anche se ti facessero la prova del palloncino.»

Sara Jean incassa questa volta, si rende conto che ha esagerato, e allora tira dritto, come se niente fosse. Passo dopo passo.

Anche perché il percorso si fa sempre più ripido.

Valentina, a fatica e tirando visibilmente il fiato, si avvicina ad Andrea.

«Senti, ieri sera proprio non ce l'ho fatta a dirtelo, non mi sembrava il momento e sì, insomma...»

«Che cosa, che mi devi dire?» fa Andrea spalancando gli occhi, anche se non si azzarda nemmeno a sollevare la testa per non farsi vedere in difficoltà.

Accidenti, è emozionato come un bambino.

«Io… io…»

«Cosa?»

«Ho ricevuto minacce, minacce pesanti. Stalking. Andrea, ho molta paura e ho delle strane sensazioni da quando sono arrivata qui. Non ce la facevo più, dovevo confessarmi con qualcuno.»

«Minacce di che tipo?» chiede Andrea, e adesso sì che la guarda negli occhi.

«Minacce pesanti. Ho anche fatto partire due denunce.»

«Cavolo, perché non me l'hai detto prima? E soprattutto perché non me l'hai detto ieri sera?»

«Perché ho paura, ecco perché. Pensavo che venendo qui avrei staccato un po', invece proprio poco fa ho ricevuto di nuovo dei messaggi anonimi.»

«Non perdere il controllo, sei al sicuro. L'agitazione in montagna non paga, quindi cerca di razionalizzare. Qui non c'è nessuno, ok? Spegni il telefono e concentrati. Scusa se sono brutale, ma siamo nel bel mezzo di un'azione impegnativa. Ti prometto che tornati a valle ti aiuterò in ogni modo.»

Valentina annuisce nervosamente. «Grazie…» Un sorriso.

Andrea si volta di scatto, sente in fondo al gruppo delle voci dai toni accesi.

Rosso e Sara Jean si sono fermati. Faccia a faccia, come due cowboy pronti a tirar fuori le pistole. Sembra quasi una resa dei conti.

«E allora basta con queste allusioni, ok? Io lo so che vorresti fare delle battutacce sulla mia ragazza, sul fatto che sono lesbica. Perché anche se fai tanto l'alternativo, sei omofobo dentro, ma ti tocca stare zitto perché sennò passeresti per uno stronzo, e allora mi vieni a rompere con la storia dell'alcol. Mi piace bere, e allora? Faccio quello che voglio della mia vita, sia sessuale che non, ok?»

«Io omofobo? Ah ah... questa è buona, si vede che non sai più a cosa attaccarti. Il problema è che tu odi tutti noi, a partire da Valentina in giù, e per sopportarci devi alcolizzarti. Brava, complimenti.»

Andrea li raggiunge a passo di carica.

«Oh, e allora? Che state combinando?»

«Non venire a difenderla di nuovo solo perché ci godi che offenda la tua ex» fa Rosso, cercando di provocarlo. Andrea sbuffa e si tocca le tempie, una specie di mini massaggio istantaneo per recuperare la calma.

«Ascoltami bene, io non godo a sentire provocazioni di nessun tipo. Ok? Non ho nulla da nascondere e voglio solo unità e una missione che funzioni senza stronzate, ci siamo capiti?» fa Andrea, visibilmente agitato, o forse visibilmente deciso a farsi rispettare.

«Nulla da nascondere, eh? Su questo non ci giurerei» commenta Sara Jean con un sorriso sarcastico. «Ci tieni così tanto a fare la parte del buono, ma lo sanno tutti che un po' di polvere da tenere sotto al tappeto ce l'hai anche tu, o sbaglio?» aggiunge, sempre più urticante.

«Sara, io non risponderò alle tue provocazioni, non mi sembra il momento, va bene? Dobbiamo arrivare in cima, il tempo è strano, non mi convince. E adesso stai minando la concentrazione del gruppo. Quindi piantiamola e cambiamo atteggiamento, siamo d'accordo?»

Sara Jean sembra quasi pentita delle sue uscite, abbassa la testa e mugugna qualcosa.

«Scusate, scusate tutti, sono molto nervosa in questo periodo. Sì, ho litigato con la mia ragazza e mi ha lasciato, ma è pure vero che mi ha già lasciato tipo venti volte... Ma non è questo il punto. Sono molto tesa. Mi dispiace, ecco, vi ho detto tutto.»

Sara Jean va ad abbracciare prima Andrea e poi Fede, ha gli occhi lucidi. Loro ricambiano l'abbraccio. Rosso non se lo aspettava, e infatti non arriva a unirsi.

«Dai, ripartiamo, scusate, sono stata una cretina» fa Sara Jean.

È tornato il sereno. Tra di loro, almeno. Non sulla montagna, che è sempre spazzata da quel vento che arriva da est.

Riprendono la salita, ma ormai il sospetto è un altro compagno della cordata, si muove insieme a loro, li accompagna in ogni passo che fanno. Non sono solo ripicche e discussioni, è qualcosa che li costringe a guardarsi a vicenda con occhi diversi. Un'impalpabile consapevolezza che ci sono dei segreti che potrebbero venire fuori ed esplodere in qualsiasi momento. La tensione nel gruppo continua ad aumentare, ma la montagna pretende tutta la loro attenzione. La montagna, maestosa e silente, che si staglia davanti a loro come un simbolo della sfida, uno dei nodi da sciogliere dei loro destini intrecciati.

12

Rosso

Quell'aria del cazzo non la sopporto. Se ne va in giro come se si sentisse una specie di santa pronta a redimere il mondo dai propri peccati, sta sempre lì a criticare tutti, ma alla fine cos'è che fa nel concreto? Beve, chiacchiera e poco altro.

Quando mi guarda in quel modo mi fa venire il sangue al cervello. Mi dice che sono cinico, che poi in parte sarà pure vero, ma le sue non sono mai critiche costruttive, sono bombe che sgancia senza nemmeno stare a guardare dove finiscono, come se il resto del mondo non fosse che un fastidioso ostacolo sul suo cammino perfettissimo. Ma non faccio mica male a nessuno, io. E va bene, mi piace fare qualche battuta, scherzare un po', e allora? Mi capita di esagerare? E va bene, vostro onore, mi dichiaro colpevole, ma se qualcuno si offende senza motivo non è certo un problema che mi posso accollare, o sbaglio? Io dico quello che penso e faccio quello che dico. E tra l'altro lo faccio cercando di salvare un minimo di allegria, se mi permettete. Il fatto è che sono coerente, e in mezzo a questa gente non c'è nessuno che possa dire altrettanto. Questi fanatici la mattina si svegliano, controllano il numero dei follower e se viene fuori una cifra che non gli piace mettono mano al portafogli e se li comprano, e sono pure convinti che tutto questo abbia senso. E se un senso non riescono a trovarlo, lo cercano da qualche altra parte. Il che va benissimo, eh, ma bisogna avere il coraggio di ammetterlo. Sara Jean invece nasconde tutto dentro la bottiglia. Che poi mi dispiace anche vederla così, ma ormai questa storia va avanti da anni, ed è sempre peggio.

Prima la vedevi bere solo a qualche aperitivo ed esagerava, e vabbè, magari pure a qualche cena. Poi una volta l'ho beccata in treno, alle tre di pomeriggio in business class – fa tanto la moralista sui «guasti del capitalismo», come li chiama lei, però poi i soldi non li schifa mica, per non parlare di quanto usa il cellulare, lei che in teoria dovrebbe essere contraria a tutte le nuove tecnologie che «corrompono la sincerità dei legami» e «ci fanno perdere il rapporto l'uno con gli altri e di tutti noi con la natura» – ed era completamente sbronza. L'ho pure presa in giro, niente di troppo grave, ci volevo solo giocare un po', io sono fatto così, e pure quando le ho detto che con il suo alito alcolico avrebbe potuto far scattare l'allarme antincendio lei non s'è offesa, anzi, è scoppiata a ridere come una pazza. Il giorno dopo le ho scritto e si ricordava il due per cento di quello che avevo detto. Meglio così, per carità.

Da lucida o brilla mi avrebbe lapidato, ma la sincerità non ha prezzo, e in questo gruppo di sincerità ne vedo poca. Sara Jean non è la sola ipocrita.

Anche di Valentina potrei parlare per ore. Tutta buddismo e lifestyle e poi si cambia d'abito tre volte al giorno: con la sua cabina armadio ci potrebbe vestire un intero villaggio africano.

Guardala lì, come confabula fitto fitto con Andrea. Ma perché non dicono chiaro e tondo che si piacciono? O che almeno vogliono chiarirsi su alcune cose, e quindi hanno bisogno di parlare? Non è mica un crimine. Perché non dicono la verità, ci vuole tanto?

Non sarebbero più sereni con loro stessi, invece di prendersi puntualmente punzecchiate e battutine?

Capisco che ci sono alcune cose che devono restare private (per esempio io per primo non vorrei che venisse fuori «l'accordo di riservatezza», se così vogliamo definirlo, tra me e Fede) ma questo tra Andrea e Valentina sembra il segreto di Pulcinella. «Se anche solo una persona conosce un tuo segreto, non è più un segreto» come diceva... chi è che lo diceva? E chi se lo ricorda? O forse era un meme? Be', non mi viene in mente e adesso non è nemmeno importante. Il punto è che il messaggio è vero e lo condivido in pieno.

Uff... questa lentezza mi sta sfiancando, sento le gambe indolenzite, da solo sarei già arrivato in cima e avrei scattato trecento foto.

Mi sembra che questa famosa «sfida» a cui abbiamo accettato di partecipare sia più che altro una sfida al nostro individualismo. Perché diciamoci la verità: per fare il lavoro che facciamo, dobbiamo essere individualisti, giocare e scommettere su noi stessi. Sì, certo, dietro c'è tutto un team, ma se non la faccio girare io la squadra, se non metto i contenuti, che ci faccio con la squadra? Ci vado a giocare a calcetto? Figuriamoci.

Peccato che se lo faccio notare mi azzannano alla giugulare. Non che me ne importi particolarmente, però non voglio seccature.

A proposito, fammi controllare un po' come vanno le cose.

Qui se ti distrai un attimo c'è qualcuno che combina un casino e tu non te ne accorgi nemmeno. Ma che accidenti succ...? Il cellulare non prende. Morto. Ma proprio morto morto.

Spengo e riavvio.

Niente, continua a essere un pezzo di plastica inerme come se si fosse preso il Millennium Bug. Si deve essere sballato, cavolo. E pure nel momento meno adatto. Anche perché le previsioni davano sereno e poco vento, mentre si sta alzando qualche nuvola e il vento è sempre più pungente.

Ma quella è proprio nebbia, a valle è tutto coperto. Non arriveremo mai in vetta senza restare intrappolati nel mezzo del delirio, cazzo. Meglio chiedere ad Andrea, di sicuro lui ne sa di più.

«Andrea, non mi funziona più il cellulare, sono completamente off.»

La sua faccia perplessa mi fa capire che sono in arrivo altre brutte notizie.

«Lo sai che anche il mio...»

Ecco, e adesso via con la paranoia galoppante, cavolo.

«Andrea, forse dovremmo fermarci e fare un punto sulla situazione, vediamo se qualcuno ha campo, io qui ho una brutta sensazione.»

13

Brenta, Cima Brenta… Cima Tosa… Crozzon di Brenta… Cima Mandron… Pietra Grande.

E là, più lontano, il gruppo Adamello-Presanella, l'Ortles Cevedale… le vette del Care Alto, il Crozzon di Lares, la Presanella col suo ghiacciaio, il Palon della Mare, lo Zufal…

Il panorama che era stato promesso al gruppo è lì, davanti ai loro occhi.

La cima del Grostè è vicinissima, con quel suo passaggio ostile e grigio e però magnifico, che ti fa sentire come un alieno che è appena sbarcato su un altro pianeta, e allo stesso tempo ti dà la sensazione di essere appena tornato a casa. Tutti in silenzio, una volta tanto, ammirano la cima e lasciano che le piccole gelosie, le incomprensioni e i fastidi si annullino nell'immensità di ciò che li circonda. Andrea lo pensa sempre, a ogni uscita: appena la natura ti regala un panorama che ti fa capire quanto è grande il mondo ti rendi conto di quanto siano minuscoli al confronto i tuoi problemi. In quel momento percepisce la sintonia in un gruppo che di solito è spaccato: adesso invece tutti uniti, tutti ammirati, persino Rosso si è spogliato della solita armatura di cinismo. Addirittura Sara Jean è quasi commossa.

«Sempre come la prima volta, ve lo giuro» fa Andrea, fermandosi un attimo per guardare i compagni. «Potrei venirci altre mille volte, e mille volte proverei questa sensazione.»

Fede sta scattando foto come un matto, cambiando angolazione a ogni click. «Non credo che riuscirò a trasmettere questa *vibe*, ma ci provo.»

Ci siamo davvero, ancora quindici minuti e la prima tappa sarà conclusa. Un successo da festeggiare. È lì, dietro l'angolo.

Il gruppo si rimette in marcia, e adesso le gambe non sentono la fatica del percorso, i polmoni non bruciano più, il corpo intero trova nuove energie da bruciare. La motivazione fa miracoli.

«Dai, ci siamo, dai!» ripete Fabio per incitare gli altri. E tutti accelerano il passo. Concentrati, testa bassa. Passo dopo passo. Anche Andrea accelera e guarda dritto a terra. Ed è lì che vede qualcosa che lo paralizza.

I suoi piedi scompaiono in un istante.

Alza la testa e vede che stanno scomparendo anche gli altri. Una folata di vento forte li investe, è come uno schiaffo improvviso, e si porta dietro un blocco di nebbia compatta e terribile.

Persi. È bastato un secondo per dissolvere un

gruppo che marciava fianco a fianco da ore e lasciare al suo posto un pugno di gente che non sa dove andare.

La nebbia. Non è come quella di città. Lassù, a quell'altezza, è una creatura viva che corre, scivola, salta. È veloce, è ovunque. Congela la mente, non il corpo. Ti immobilizza e ti stordisce. Sei solo tu in mezzo agli altri, in mezzo al pericolo, non vedi nessuno.

«Fermi tutti, fermi tutti! Fermi! Non fate neanche un passo, rimanete immobili» urla al gruppo Andrea.

«Non muovetevi, rimanete calmi, la nebbia in montagna è improvvisa ma anche breve, rimanete calmi» gli fa eco Gianni.

«Ma non vedo niente, non capisco nemmeno dove sono! Ho fatto qualche passo per raggiungervi, cavolo ma non so dove siete! Mi sembra di essere caduta in una gigantesca tazza di latte» grida Sara Jean.

«Ho paura, cazzo! Cosa devo fare? Io pure sono andato avanti» le fa eco Fede.

Dalle voci, Andrea capisce che nel panico di quell'emergenza inaspettata il gruppo si è pericolosamente sparpagliato. Ne avevano parlato durante il briefing, e l'argomento era stato affrontato durante il periodo di preparazione, ma un conto è la teoria, un conto è ritrovarsi avvolti dal nulla a tremila metri d'altezza.

«Fabio ci sei?»

«Tutto sotto controllo, con calma ragazzi, mettetevi accovacciati e non fate un passo, durerà poco, dai, va bene?» cerca di rassicurarli Fabio.

«Rosso, ci sei?» urla Andrea.

«Ci sono, sono immobile qui» risponde la voce di Rosso, abbastanza vicina.

«Vale?»

Nessuna risposta.

«Valentina, mi senti?»

Niente.

«Valentina, per favore rispondi?» grida con tutta l'aria che ha nei polmoni. «Valentina!»

«Andrea, calmati, forse è svenuta per lo spavento, aspettiamo un attimo, non può essere andata lontano» fa Gianni, in coda al gruppo.

Anche se forse ha ragione, Andrea non riesce a trattenersi. «Lo so, ma cerco di farla svegliare, Valentina! Vale!»

Niente.

«Sono Sara Jean, ho sentito un rumore e un urlo soffocato appena è scesa la nebbia. Sono qui comunque.»

«Grazie Sara Jean, forse è davvero svenuta.»

Andrea è avvolto nel bianco accecante, vorrebbe fare qualcosa, ma non può, il cuore accelera i battiti, il rombo del sangue sale su su fino alla testa, lo sente nel casco, le mani si velano di sudore dentro ai guanti.

«Non resisto più, ragazzi, devo venire a cercarvi, per favore!»

«No, Sara Jean, non fare neanche un passo,

non fare un passo» le risponde Andrea, e si sente il nervosismo che gli incrina la voce.

«Forse abbiamo un ferito, non create problemi.» Il monito di Gianni blocca tutti, ma li rassicura anche.

Da quel momento in poi è difficile tenere il conto del tempo che passa, i secondi si confondono con i minuti, e i minuti sono così lunghi che sembrano ore. Poi il vento si alza più forte e la nebbia inizia a diradarsi.

Andrea intravede qualche giubbotto, ma sono solo chiazze di colore, fugaci impressioni più che vere immagini. Sara Jean e Fede sono distanti dal gruppo, sono quelli che si sono fatti prendere più dal panico e hanno camminato per metri. Hanno rischiato grosso, ma per fortuna sono sani e salvi. Rosso invece è vicinissimo, come anche Fabio e Gianni in fondo.

Si guardano spaesati.

«Dov'era Valentina?» fa Gianni.

«Dietro di me, un po' distante ma era dietro, ora non si vede, dove cavolo è finita?» fa Andrea avvicinandosi.

«Non c'è, non c'è» urla Fede guardandosi intorno.

«Forse si è allontanata, cerchiamola, ma fate attenzione alla vostra destra, siamo sul crinale.»

«Questa storia non mi piace, ragazzi, non mi piace» fa Sara Jean con una voce tremante, sul filo del pianto. Afferra dal suo zaino la borraccia e prende un lungo sorso. È accovacciata, con la testa tra le gambe, ora sta piangendo.

Andrea si allontana. «Valentina, Vale!» ripete di continuo.

«Andrea, vieni qui per favore» si alza la voce di Gianni, che è affacciato a una roccia. «Ma occhio, non ti sporgere.»

Andrea arriva con prudenza, già nel petto gli si è scavata una voragine, un dolore che per adesso è solo una fitta pulsante ma che minaccia di trasformarsi in un'agonia devastante. Anche se cerca di rassicurarsi, è impossibile scacciare quel sospetto che gli inquina il cervello e che non aspetta altro che di trasformarsi nella più orribile delle realtà. Si sforza di scacciarlo, ma quello non se ne va, è ostinato.

Gianni gli fa segno di guardare di sotto.

Il corpo di Valentina giace disteso in un crepaccio, la testa è girata di lato e sotto al corpo una macchia di sangue si è allargata a dismisura.

«No, Valentina, no! Valentina! Rispondimi ti prego, rispondimi.»

Gianni tira fuori il telefono, a gesti gli ordina di prendere anche il suo.

«Questo maledetto affare non funziona. Non mi fa neanche chiamare il 112.»

Andrea cerca di ritrovare da qualche parte una briciola di lucidità. Ci riesce, nemmeno lui sa per quale miracolo. Annota tutte le informazioni principali. La caduta, una quindicina di metri. La quantità di sangue. L'immobilità assoluta del corpo.

Devono scendere. Arrivare in un punto in cui prendano i cellulari, in cui funzioni qualcosa. Chiamare i soccorsi. Data la gravità della situazione, è probabile che un elicottero possa raggiungerli nel giro di quindici minuti.

«È... è svenuta?» chiede Sara Jean con la voce spezzata dai singhiozzi.

«Non è niente di grave? Vero?» rincara Fede.

Andrea si toglie il caschetto e si smuove i capelli.

«Io non lo so... io non voglio pensare al peggio, non ci voglio pensare, ma ragazzi...»

Gianni lo abbraccia.

«Dobbiamo prepararci a tutto, la caduta è stata molto grave.»

Il gelo ora non è solo intorno, è anche dentro di loro. Un freddo raccapricciante. Sara Jean non riesce a trattenere le lacrime, Rosso si dispera camminando nervosamente avanti e indietro, Fede è immobile, mentre Fabio agita la testa a sinistra e a destra con una mano sulla fronte.

«No, ragazzi, non doveva finire così, non doveva» dice Fede in stato catatonico.

Andrea si avvicina al punto dove presumibilmente è scivolata Valentina, esamina con attenzione la zona, trattenendo le lacrime a fatica.

In cuor suo sa benissimo che non c'è nulla da fare, non se lo vuole dire e non lo vuole dire agli altri, però lo sa. La caduta da un'altezza simile non ti lascia scampo. Adesso non è il momento di farsi domande, solo di piangere e di combattere per non restare paralizzati dal dolore. Ma presto bisognerà capire che cosa è successo e perché.

Difficile che una come Valentina abbia semplicemente messo male un piede. Difficile, ma possibile. Sembra che la lastra di ghiaccio abbia ceduto di netto sotto il suo peso. Come se si fosse spezzata.

«Questo è molto strano, cazzo, molto strano» dice tra sé.

È una cosa innaturale.

Si stampa nella memoria il breve percorso che Valentina ha compiuto allontanandosi dal gruppo per finire lì. Gli tremano le gambe mentre la fissa distesa, da sola a pochi metri, vicinissima eppure irraggiungibile, già in un mondo diverso.

Non sa cosa sta cercando, ma continua a guardare. Forse è solo un modo per riempire quei momenti sospesi nel vuoto.

Un vuoto che di solito gli altri riempirebbero con un'occhiata distratta al cellulare, magari con un post superficiale scritto al volo. Ma a quanto pare i cellulari hanno smesso di funzionare, e poi adesso la realtà – quella cattiva, quella che non perdona – è arrivata a stravolgere le loro esistenze, e il mondo che conoscevano è distrutto.

Tutta la loro storia di eventi, partnership, impegni e progetti è stata cancellata, adesso ci sono solo loro, loro e quella montagna, e un cadavere con gli occhi aperti circondato dal sangue.

Nessuno sa cosa dire o fare. Passato il silenzio, passato lo sgomento, i volti sono maschere di preoccupazione. Forse è una reazione normale in una situazione del genere, non ne hanno idea, non è mai successo nulla nel loro passato che potesse prepararli a un momento del genere. L'idea stessa di «normale» è cambiata da quando hanno visto quel corpo.

«Io e Fabio coordineremo i soccorsi. Andrea, scendiamo.»

«No, papà, io voglio restare qui. Con Vale. Non possiamo lasciarla.»

«No, qui non puoi fare niente. Invece se ripartiamo possiamo fare da supporto e da guida ai soccorritori, quando arriveranno.»

Andrea ci pensa su un attimo, sbatte un pugno a terra.

«Cazzo.»

«Lo so, è difficile, ma dobbiamo pensare a quello che c'è da fare ora, prendere le scelte giuste.»

Andrea annuisce senza dire nulla.

E così ripartono. Appena i cellulari tornano in vita, chiamano i soccorsi.

Meno di mezz'ora dopo, il silenzio viene interrotto dal rumore in lontananza di un elicottero.

Gianni indica a ovest.

«Arrivano.»

14

Neve sottile, il podcast
20 febbraio 2023, seconda puntata

Come può un'escursione di media difficoltà, guidata da tre persone di provata esperienza, trasformarsi in una tragedia?

Com'è possibile che nessuno abbia saputo prevedere le avverse condizioni meteorologiche?

Davvero dobbiamo accontentarci di quella che a oggi sembra la versione ufficiale – nessun mistero, nessun sospetto, solo una tragica fatalità?

A queste e altre domande cercheremo di dare una risposta in questa puntata, anche grazie all'aiuto di Maurizio Dellera, uno dei massimi conoscitori della montagna oggi in Italia.

Io sono Lilla, e questo è Lilla True Crime, il podcast sui misteri della cronaca nera.

Siamo a Madonna di Campiglio, il 12 febbraio, e cinque influencer sono su un furgoncino che li porterà verso un orrore che non dimenticheranno mai più.

La salita inizia alle sette e trenta di mattina, possiamo immaginare una partenza serena, in un clima di entusiasmo e concentrazione. Una bella atmosfera.

Ma qui voglio fermarmi, voglio analizzare il primo punto che non torna.

Com'è possibile che tre figure di primo piano del mondo della montagna come Andrea, Gianni e Fabio si siano imbarcati in un'impresa del genere senza prevedere l'arrivo di una perturbazione che ha poi portato una densa e fitta nebbia?

Non parliamo di tecnicismi, qui c'è in ballo il semplice buon senso. Anche un semplice padre di famiglia che porta i figli a fare una scampagnata butta un occhio alle previsioni meteo prima di mettersi in macchina. E un accorgimento così elementare non è stato preso per un'iniziativa di questa portata?

O meglio, il controllo è stato fatto, com'è ovvio. Solo che poi non sono state prese decisioni conseguenti, a quanto pare. Andrea sostiene – e Gianni lo conferma – che avevano controllato più volte le previsioni per quella giornata, ma anche Fabio teneva costantemente monitorata la situazione.

A quanto pare, si sarebbe verificato un non meglio spiegato blackout che ha reso i cellulari inservibili proprio nel momento cruciale.

Maurizio Dellera è il responsabile e coordinatore dei Centri alpini italiani, oltre a essere stato un grande alpinista, guida alpina e naturalista con numerose pubblicazioni alle spalle, anche all'estero.

«Perché non è stato possibile prevedere un evento simile?»

«Mi sembra molto strano, molto, e lo dico con tutto il rispetto per la povera e incolpevole vittima. Ma se davvero ognuno di loro si era accertato delle condizioni meteorologiche, ci troviamo di fronte a un evento eccezionale. Un cambiamento improvviso delle condizioni climatiche proprio nel momento in cui tutti i partecipanti alla spedizione avevano i telefoni fuori uso. Qualcosa che si verifica con rarità.»

«Quanto è raro? E quanto potrebbe esserci di leggerezza invece, di sottovalutazione?»

«Non saprei indicarvi delle cifre precise, anche perché non credo nemmeno che esistano. La montagna è imprevedibile, sì, ma con gli strumenti di oggi il tasso di imprevedibilità si va riducendo a ritmo serrato. Una nebbia così intensa e così veloce, che dura qualche minuto...»

Come vedete, questo punto è evidentemente poco chiaro, tanto che neppure un esperto del calibro di Dallara è in grado di dissiparne le ombre.

Rosso, uno dei partecipanti, ha dichiarato che Andrea aveva il dubbio che il tempo stesse cambiando. Ma a quanto pare nessuno ha preso la decisione di tornare indietro, o di fermarsi, o comunque di rispondere in qualche modo alla situazione di potenziale pericolo che si stava creando.

Al mio microfono c'è adesso Alberto Nessi, un giovane podcaster di storie di hacking e spionaggio.

«Alberto, possono andare in tilt in questo modo i cellulari?»

«Certo, può succedere, soprattutto in condizioni geofisiche particolari possono sicuramente esistere delle zone in cui d'un tratto la ricezione passa da perfetta ad assente. Altrimenti dovremmo pensare a un intervento umano.»

«Cosa intende dire?»

«Be', se non si tratta semplicemente di un'assenza di campo dovuta all'altitudine, allora dovremmo pensare all'intervento di qualcuno. Anche se è assurdo.»

«Cosa intende?»

«Esistono apparecchi in grado di schermare in modo completo i cellulari. Basta davvero premere un pulsante.»

Sento già gli hater gridare che queste sono

teorie del complotto, ma io non voglio sposare nessuna tesi e non lancio accuse, faccio solo cronaca, e ritengo sia giusto presentare tutti i possibili punti di vista. Alberto ci indica un'altra pista. Occorre ribadire che stiamo discutendo di semplici ipotesi, e finché non ci sarà una conferma ufficiale da parte delle forze di polizia e della magistratura non possiamo propendere per l'una o per l'altra.

Nel frattempo, chiunque ha il diritto di farsi una sua opinione.

Questo è il nostro scopo, valutare tutte le ipotesi, e a differenza di altri noi non ne sottovalutiamo nessuna. Neanche quelle che di solito vengono scartate in modo frettoloso. L'attenzione ai dettagli è fondamentale. Finora ci siamo concentrati sul come è potuto succedere, ma secondo me dovremmo spostarci su un'altra delle domande fondamentali del giornalismo: *chi?*

Se parliamo di errata valutazione delle condizioni meteo, *chi* sono i responsabili?

O forse sarebbe più corretto parlare al singolare. Perché il responsabile, almeno per questo specifico punto, non può che essere uno: Andrea.

Per quanto Gianni e Fabio possano essere esperti, Andrea era il responsabile, l'organizzatore che doveva farsi carico di ogni aspetto della spedizione.

E se pensiamo a chi avrebbe potuto combinare uno scherzo del genere, qual è il primo nome che viene in mente?

Sempre lo stesso, quello di Andrea.

Sono affermazioni forti, me ne rendo conto, ma io non ho mai avuto paura di espormi.

Perché mai avrebbe dovuto fare una cosa del genere, mi chiederete?

Immaginate di essere un noto influencer, di avere un seguito enorme ogni cosa facciate nella vostra giornata. Mettiamo che un giorno vi mettiate a capo di una spedizione con altri influencer sotto gli occhi di decine di migliaia di follower.

Immaginate anche che la spedizione non *possa* andare male. Non si può rischiare di perdere denaro e sponsor, non ci si può far deridere dai vari hater. L'attesa che viene pompata da giorni in un attimo può trasformarsi in un boomerang. Il mondo dei social dimentica in fretta, ma è anche crudele e non guarda in faccia alle motivazioni, agisce d'istinto, ti fa crollare in un attimo.

Dunque è necessario tenere vivo l'interesse, aumentare il coinvolgimento emotivo del pubblico. Come si fa una cosa del genere? Ovvio, puntando sulla suspense.

Non è difficile intuire come possono essere andate le cose. Seguire il filo del ragionamento. In fondo che male c'è, si saranno detti? Anche con condizioni avverse, sotto gli occhi di persone esperte come noi, nulla può accadere. Come un pilota che non esita ad affrontare una piccola turbolenza. Ordinaria amministrazione, in fin dei conti.

Magari poteva essere addirittura un vantaggio. Un elemento di incertezza per dare più spessore e una punta di pericolo. Allora schermi i cellulari proprio mentre scende la nebbia, e boom, ecco che le emozioni diventano *reali*. Ed ecco che la tua iniziativa si trasforma in qualcosa di molto più spettacolare. Diventa tutto più incredibile ed emozionante. Un'avventura vera, da raccontare e riraccontare, le mille difficoltà che vengono enfatizzate da qualche giornalista curioso.

Potrebbe venir fuori anche qualche ospitata in televisione, chi lo sa?

Ci sono tutti gli ingredienti perché la storia diventi virale, dramma incluso.

Oppure non è successo niente di tutto ciò?

Andrea ha avuto forti dissapori con Valentina nei giorni precedenti alla spedizione. È di dominio pubblico che i due abbiano avuto una relazione molto importante, finita in un modo non meglio precisato e nel totale silenzio dei protagonisti della vicenda.

Nonostante fossero una coppia molto in vista, la loro rottura è stata drastica, ed è rimasta un mistero assoluto per i rispettivi fan.

Fonti ben informate ci riferiscono che gli attriti ancora persistevano, certo, ma non erano assolutamente così feroci da poter spiegare addirittura un omicidio.

Quindi, cos'è successo? Uno scherzo? Una vendetta finita male?

Oppure?

Per completezza d'informazione dobbiamo dire che c'è anche un altro membro del gruppo che ha avuto pesanti dissidi con Valentina, Sara Jean. Hanno anche litigato davanti a tutti.

In più, e qui sento il bisogno di espormi con la massima prudenza, è fatto noto che Sara Jean abbia un problema con l'alcol. Non voglio dire che fosse ubriaca durante la salita. E neppure voglio insinuare che, stordita da un bicchierino e impaurita dalla nebbia, possa aver per errore urtato Valentina facendole perdere l'equilibrio...

Non voglio dire nulla di tutto questo. Però faccio presente che Sara Jean era la persona più vicina alla vittima negli istanti immediatamente precedenti alla tragedia.

Non è un mistero per chi la conosce bene che Valentina Sut rappresentasse una sorta di nemesi per Sara Jean. Sotto molti aspetti era il suo opposto, un simbolo negativo, la personificazione di un male da combattere con tutte le sue forze. Non mi sto inventando nulla, sono concetti che la stessa Sara Jean ha esposto più e più volte, nei suoi post compaiono spesso delle affermazioni che non possono essere smentite.

Lei dedita al reinserimento degli animali selvatici, lupologa, ambientalista sul campo e anticapitalista militante.

Valentina, al contrario: campionessa del vivere green in città, di filosofie orientali e molto attenta alla forma.

Siamo coscienti che non possono bastare neanche queste motivazioni per un gesto del genere, ma gli elementi che ora sono venuti fuori ci portano sempre più a pensare che quello che è successo potrebbe non essere un semplice incidente. Forse solo una drammatica imprudenza? La conseguenza estrema di uno scherzo di cattivo gusto?

Abbiamo analizzato la nebbia improvvisa, che poi così improvvisa forse non era. La prossima volta esamineremo un elemento cruciale: la lastra di ghiaccio su cui è scivolata poi nel vuoto Valentina Sut.

15

Andrea

«Elio… c'è stato un incidente, non… non riesco ancora a crederci, una cosa gravissima…»

Mi sono allontanato un po'. Adesso dovrò pronunciare per la prima volta quella parola, ma non ce la faccio. Non ce la faccio.

«L'elicottero è atterrato poco più avanti e stanno cercando di capire come calarsi giù nel crepaccio.»

«Andrea, ma stai piangendo? Nel crepaccio? I soccorsi? Ma che diavolo sta succedendo? Qualcuno si è fatto male?»

«È morta. Valentina è morta.»

Ed ecco che le ho pronunciate, quelle tre parole che mi catapultano in un universo parallelo. Non mi sembra nemmeno di essere qui. Elio ovviamente non risponde. Un lunghissimo silenzio.

«Ma come è potuto succedere… non è vero.

Dimmi la verità, mi hai messo in vivavoce e state facendo uno scherzo macabro dei vostri, no?»

«No, Elio, nessuno scherzo del cazzo, no, Valentina è scivolata in un crepaccio, si era alzata una nebbia improvvisa… imprevedibile.»

Ancora silenzio, mentre io stesso mi perdo ad analizzare ogni singola parola che mi esce dalla bocca come se non l'avessi detta io.

«Non è possibile… non è possibile… Non possiamo fare niente?» Sento la voce di Elio incrinarsi. «Ma siamo sicuri? Se il personale di soccorso non l'ha ancora raggiunta, magari è solo svenuta.»

«No, Elio, no, da quell'altezza, il corpo deve aver rimbalzato sopra un paio di rocce almeno, il caschetto si è sfilato via nell'urto. Purtroppo non c'è margine di incertezza. Ti prego cerca di non far uscire notizie false, speculazioni, foto e quant'altro. Al momento questo è tutto quello che è successo, il resto sono fantasie.»

«Ok, Andrea, ok, se questa è l'unica cosa che posso fare, cercherò di farla al meglio.»

«Sì, non puoi fare molto altro. Non posso fare molto nemmeno io.»

«Ok… tienimi aggiornato e per qualsiasi cosa, puoi chiamarmi a qualsiasi ora, lo sai, no?»

«Certo, grazie…»

Non riesco a dire altro. Non riesco a pensare ad altro. Ma devo chiamare Lilla.

Il telefono fa solo due squilli, mi risponde allegra e devo smorzare subito il suo entusiasmo raccontandole quello che è successo.

Lei lancia un urlo, poi un altro. Una serie di «No! Nooo!» sempre più disperati e interrotti da singhiozzi e lacrime.

«Mi sento in colpa. È colpa mia, Lilla. Se non avessi organizzato tutta questa spedizione adesso lei sarebbe ancora qui, ti rendi conto?»

«Andrea, io sono... sono davvero con il cuore in pezzi, non riesco a credere a tutto quello che mi stai dicendo... ma quale colpa tua, poi! Per favore non dire stupidaggini!»

«È colpa mia, è colpa mia, cavolo... Non dovevo imbarcare tutti loro in questa cosa.»

«Ma come avete fatto a non prevedere il maltempo? È stato così improvviso?»

«Ma qualcosa non torna, e non lo dico per scagionarmi, sia chiaro, la colpa me la sento addosso comunque. Non voglio togliermi di dosso nemmeno mezza responsabilità, ma il cellulare non prendeva, e non solo il mio, per un po' siamo rimasti off tutti. Però non è che per una cosa del genere ti giri e torni indietro... Non voglio, giuro, non voglio discolparmi, ma qualcosa è successo.»

«Senti, io non ti dirò frasi di circostanza, perché lo so che tu e la montagna non avete segreti l'uno per l'altra. Ti credo. Se dici che è andata così, per me è andata così.»

«Anche mio padre, anche Rosso, se n'erano accorti, dicevano che qualcosa non andava, l'aria era strana, sì, insomma, difficile da spiegare, così, a caldo.»

«Respira, cerca di ragionare. Hai notato altre stranezze?»

«No. Cioè sì, la lastra di ghiaccio, quella nel punto in cui è caduta, era strana. Appena sono tornato su ho fatto delle foto senza nemmeno starci a pensare, ora te le mando.»

Invio le foto a Lilla, ne avrò fatte una cinquantina in automatico, proprio non me le ricordavo così tante.

«Viste. Cos'è che non ti convince?»

«Sembra quasi tagliata di netto, e di solito quando si spezzano fanno un effetto come di un… tipo di un cartone strappato.»

«Ah, ok. E quindi pensi che…?»

«Non lo so, non penso niente, che ti devo dire, magari è una mia suggestione, ma non ne avevo mai viste così da quando esco in montagna.»

«Allora fallo subito presente a chi si occuperà dei rilievi.»

«Hanno tardato per via della nebbia, tra poco inizierà anche a calare il sole e già tra qualche ora potrebbe essere sparito tutto, capito?»

«Hai le foto però, e adesso io mi metto già a lavoro per cercare qualcosa, ok?»

«Grazie, grazie davvero, ci sentiamo più tardi, avrò bisogno di parlare ancora con te.»

«Certo, ci sentiamo dopo…»

«Grazie Lilla.»

Se non ci fosse lei, cavolo, questo momento di merda sarebbe ancora più terrificante.

L'aria è rarefatta, la sento carica di tensione mentre guardo il caos che si dispiega attorno al luogo dell'incidente. Il rumore del motore dell'elicottero al minimo si mescola con i mormorii angosciati del gruppo. Respiro, ma è quasi come se anche mettere aria nei polmoni fosse diventato uno sforzo cosciente, doloroso e opprimente. Mi guardo ancora intorno, spaesato. Mi appoggio a un masso, cerco di mettere in ordine i pensieri.

Quello più difficile da gestire in assoluto è anche il più semplice: Valentina non c'è più, non ci sarà più, la sua vita è finita qui. Non avrà mai modo di avere altre soddisfazioni, di gioire, di godere. Presto – magari ci vorrà qualche anno ma succederà – verrà dimenticata.

Non da me.

Nella mia mente si scava un abisso nero.

Solo vuoto, paura e lacrime.

16

«Gianni, accidenti, ma che è successo?»

Una voce squillante, con un lieve accento piemontese, accoglie il gruppo all'entrata dell'hotel. È quella del maresciallo Tancredi, una vecchia conoscenza di Gianni. Il maresciallo sta per dire qualcosa anche al gruppo ma si ferma un attimo a guardarli. Non si reggono in piedi, nessuno ha più pronunciato una sola parola da quando sono saliti sull'elicottero. Per Rosso poi, che su un elicottero in condizioni normali non ci sarebbe salito mai e poi mai, dato che ha una vera fobia, è stato devastante; si reggeva al sedile con le braccia tese e la testa bassa. Nessuno ovviamente ci ha dato peso più di tanto, perché l'ultima immagine di Valentina riversa nel crepaccio ha devastato il cuore di tutti.

Nessuno voleva credere a quello che era successo. Come nessuno di loro riusciva a credere davvero, fino in fondo, che fosse stato solo un incidente. Ormai, l'unica cosa che li unisce è il sospetto.

O meglio, i sospetti.

Alcuni hanno più motivi di altri per dire che forse c'è qualcosa che non torna, molti hanno solo una sensazione scivolosa che non riescono a fissare per bene. È successo tutto troppo in fretta, tutto troppo imprevedibile.

«Maresciallo Stevio Tancredi, per favore, accomodatevi» fa, con la mano tesa a indicare i divanetti.

«So che avete appena dovuto affrontare una delle prove più terribili che possano capitare a dei ragazzi della vostra età, ma vi garantisco che vi ruberò solo qualche minuto.» Sara Jean, Rosso e Fede lasciano cadere a terra i loro zaini, di peso, Andrea si toglie il giubbotto e si siede.

«Erano anni che non succedeva un incidente mortale sulla nostra montagna, e anche su quelle vicine. Facciamo tutto il possibile in nome della prevenzione e della sicurezza, ma non è mai abbastanza. Il rischio zero non esiste e le tragedie spesso sono inevitabili e imprevedibili, vero?» dice, voltandosi appena a guardare il suo vecchio amico.

Gianni annuisce silenziosamente.

«Mi duole informarvi però che le procedure sono abbastanza lunghe. Vedete, il recupero del corpo sarà difficoltoso e l'autopsia...»

«Autopsia? Perché l'autopsia? Non è una cosa che si fa quando c'è un omicidio? Cosa volete dire...?» chiede Fede in tono turbato, gli occhi gonfi.

«No, no, in casi di morte accidentale o sospetta viene sempre effettuata l'autopsia, si procede d'ufficio, sono pratiche standard. Ma in questo caso, l'esame verrà effettuato fuori città e a partire da lunedì. Capisco il vostro dolore e la vostra sofferenza, come comprendo benissimo la voglia di tornare dai vostri cari, ma potrebbero volerci anche alcuni giorni.»

«E noi che c'entriamo, scusi? La prossima settimana dovrò necessariamente partire per gli States» fa Rosso.

«C'entrate nella misura in cui mi trovo costretto a chiedervi di rimanere a disposizione in città fino al completamento di tutte le procedure di cui vi ho parlato. Vi ripeto, alcuni giorni...»

«*Alcuni*? Che vuol dire? Alcuni quanti?» incalza Rosso.

«Sei o sette, massimo dieci. Devo dirvelo per correttezza, ma normalmente sono tre o quattro e, anzi, mi spenderò personalmente per ridurre i tempi al massimo, nel nome dell'amicizia che mi lega a Gianni da anni. Avete la mia parola.»

Il mormorio polemico e stanco si perde tra le conversazioni degli altri ospiti dell'hotel. Sembra tutto così irreale, vuote parole sentite già in mille film visti con gli occhi socchiusi sul divano prima di prendere sonno.

Hanno tutte un altro suono, quando te le dicono nella vita vera.

«Ma noi non c'entriamo nulla, siamo noi le vittime di una tragedia» protesta Sara Jean alzandosi in piedi, il viso sconvolto, il corpo stretto in una morsa di nervosismo. Le luci soffuse, i divani confortevoli e il calore artificiale non riescono a diradare la tensione che avvolge il gruppo.

Andrea si alza in piedi, fa qualche passo su e giù per la hall, mentre continuano le discussioni con il maresciallo Tancredi. Non sa se esporre subito i suoi dubbi. E se facesse vedere le sue foto al maresciallo? In fin dei conti è quasi uno di famiglia, no?

Anzi, a proposito di quasi famiglia. Manda un messaggio a Lilla.

«Che faccio? Parlo con lui? Dico tutto?»

«Aspetta. Potrebbero sembrare dei vaneggiamenti detti sull'onda dell'emotività. Lascia fare alla polizia il suo lavoro.»

«Ok» risponde secco prima di tornare dagli altri.

«Anche perché dovremo raccogliere le testimonianze di tutti, terminare i rilievi in alta montagna» sta dicendo Tancredi.

Il vociare di protesta aumenta, Fede prende la parola.

«Ma se non siamo indagati perché dobbiamo restare? Siamo a disposizione per qualsiasi cosa, non siamo criminali, ma lasciateci tornare a casa al più presto. Siamo sfiniti.»

«Signori, per favore!» Un urlo del maresciallo Tancredi risuona nella hall e riduce tutti al silenzio.

«C'è una persona morta, ed era una vostra amica. Esistono delle procedure che è necessario seguire per filo e per segno per capire cosa è successo, per dare alla sua memoria e alla sua famiglia una degna spiegazione della tragedia che li ha colpiti, chiaro? E voi vi mettete a polemizzare? Per favore.»

A ogni frase la sua voce si è fatta più profonda, più tagliente. Con un gesto di stizza si mette il cappello.

Nessuno ha il coraggio di rispondere. Paralisi collettiva.

«Con permesso» aggiunge Tancredi congedandosi.

«Certo che abbiamo fatto davvero una bella figura, eh? Con il cadavere di Valentina ancora lì in mezzo alle montagne e noi qui a litigare come ragazzini che fanno i capricci perché vogliono tornare a casa» dice Sara Jean al gruppo, con Andrea che annuisce.

«Anche se l'ha detta in modo brusco, è la pura verità, ragazzi, che cavolo» aggiunge alzando le braccia al cielo.

«Come se fossimo stati noi a ucciderla! Andrea, dai, ci ha trattato come assassini.»

«Adesso stiamo esagerando, Tancredi non è solo un amico, è un grande professionista e come tale si è comportato» ribatte Gianni con voce tremante. Solo adesso si mette a sedere, è sempre rimasto in piedi da quando è entrato. Andrea non crede ai suoi occhi – possibile che quell'uomo che non riesce a tenere sotto controllo i nervi scossi, con quella smorfia di stanchezza e dolore a trasfigurargli il viso, sia davvero suo padre? È sempre stato forte e solido come una roccia.

Ma a quanto pare anche le rocce possono sgretolarsi.

«Abbiamo accumulato troppa tensione, e adesso dobbiamo sfogarla, è normale. Ma cerchiamo di mantenere la calma. In questo momento non possiamo fare altro che aspettare. E riposarci. Potete stare tranquilli su Stevio, è un brav'uomo e risolverà tutto. D'altra parte, per voi che siete dei personaggi pubblici, forse è meglio rimanere in disparte per qualche giorno, magari provate a staccare un po'.»

In effetti, pensa Andrea, l'obbligo di rimanere potrebbe essere una benedizione, in realtà. Un modo per mettersi al riparo dalla valanga che sta arrivando a travolgerli.

«Ha ragione, non ci avevamo pensato, già, già» fa Rosso con una strana nenia, gli è venuta fuori una voce quasi infantile. Giocherella con un accendino.

Andrea fa per alzarsi, ma Rosso lo blocca con un braccio.

«Senti, ma questa cosa del cellulare? A me non torna proprio, e poi hanno ripreso a funzionare appena siamo tornati giù. Non è strano?» gli chiede sottovoce, mentre si guarda intorno cercando di non dare nell'occhio.

«Rosso, non lo so. Però ci sono dei punti in cui i cellulari non prendono. È normale.»

«Ok, ok, ma anche il fatto che Valentina si sia allontanata così tanto dal gruppo, senza dire una parola, un urlo, niente?»

Andrea rimane un attimo a pensare. «Questo… questo è strano, sì. Ascolta, non ho delle risposte da darti. Sono frastornato come te.»

«Che state confabulando voi? Se avete qualcosa da dire, ditelo a tutti, ormai siamo sulla stessa barca» fa Sara Jean tirandosi su dal divano, con uno sguardo di ghiaccio.

«Non sono cose che ti riguardano, e non stiamo parlando di voi.»

«È da prima della nebbia che confabulate, vi ho visto… diteci la verità, voi sapevate che stava arrivando e non ci avete detto niente, vero? Adesso però è il momento di vuotare il sacco. Una persona è morta e siamo finiti tutti in una situazione orribile. Abbiamo il diritto di sapere la verità.»

Il tono di Sara Jean è sempre più acceso, ostile. Fede drizza le orecchie. «Che è questa storia? Siete impazziti?»

Rosso e Andrea cercano di minimizzare, ma la pressione sale, nessuno si accontenta di risposte di comodo. Alla fine Andrea cede.

«Va bene, avete ragione, ed è vero che siamo tutti sulla stessa barca. Poco prima che calasse la nebbia ci eravamo accorti che forse stava arrivando qualche nuvolone, ma non era previsto.

Era una nostra sensazione dettata dall'esperienza, in base ai venti e altro. Avremmo monitorato la situazione se i cellulari non fossero saltati.»

«Il mio non funzionava proprio più» interviene Rosso. «Appena ce ne siamo resi conto, e c'è voluto un attimo, appena...» Perde il filo del discorso, prova a schiarirsi la gola, poi ricomincia. «Insomma, adesso sapete tutto e non rompete più, nessuno vi nasconde niente.»

«Ma se avevate questi dubbi perché non avete interrotto la spedizione?»

«Perché non era sicuro lanciare un allarme che forse non aveva alcun fondamento. Sarebbe stato peggio, fidati.»

Sara Jean e Fede si guardano perplessi.

«Va bene, per adesso prendiamo per buona la vostra versione ma ne riparleremo a mente fredda. Adesso come adesso io non ci capisco nulla, non sono in grado di ragionare» dice Fede, mettendosi lo zaino in spalla.

«Buonanotte a tutti» fa Sara Jean senza guardarli in faccia. Prende le sue cose e si avvia all'ascensore.

«Siamo tutti stanchi, meno parliamo e meglio è, rischiamo solo di dire un sacco di cazzate» chiude Rosso, lanciando un sorriso incerto ad Andrea.

Nel giro di pochi secondi, la hall è vuota.

17

Non si può dire che stia correndo, non proprio, ma di certo Gianni non sta nemmeno camminando. I suoi passi risuonano nervosi sull'asfalto, verso la macchina del suo amico Tancredi. Si sono salutati troppo in fretta, con troppa tensione. Nemmeno il tempo di scambiare una parola da uomo a uomo, da amico ad amico.

«Stevio, Stevio, 'spetta un attimo.» Il maresciallo si ferma davanti alla volante, l'appuntato alla guida che lo aspetta ha già messo in moto. Sta calando la sera e iniziano a vedersi le stelle nel cielo limpido – avrebbero salvato la vita a Valentina, e adesso il loro brillante scintillio sembra fuori luogo, quasi uno scherzo crudele.

«Gianni, ho un caos in caserma che non ti puoi immaginare. Magari parliamo dopo, ok?» fa Tancredi, avvicinandosi. Il fiato si condensa in una nuvoletta bianca.

«Stevio, non voglio abusare della tua pazienza

e della tua amicizia, non mi permetterei mai, eh, però ti devo dire un paio di cose, che forse non ti faranno perdere tempo.»

«Gianni, te l'ho detto, nessuno è indagato, ma non possiamo parlare così, se dovesse emergere qualche responsabilità da parte vostra potrei passare un bel guaio.»

«Bene, nessuno è indagato, e che io sappia la legge non proibisce di parlare con un vecchio amico, quindi posso parlare con Stevio?»

Tancredi sorride, apre lo sportello della volante e mette dentro la sua cartellina con gli appunti. Chiede all'appuntato di andare a comprare la ricarica della sigaretta elettronica – *ti ricordi la marca, sì, quella con più nicotina* – mentre lui finisce di approfondire un paio di punti specifici con un testimone, dice.

L'appuntato parte a tutta velocità come se dovesse correre a sventare una rapina.

«Questi ragazzi sono esuberanti, e ce li mandano sempre più giovani, ma almeno hanno voglia di imparare. Dimmi tutto, Gianni.»

«Senti, non riesco a darmi pace. Ho un tormento che mi divora da dentro. Non siamo riusciti – e tu sai quanto siamo meticolosi e attenti – a evitare quella nebbia.»

Tancredi annuisce. «Certo, certo, ma può capitare, la conosciamo la montagna.»

«Aspetta però, tu conosci anche me e sai che difficilmente rimango turbato, eppure c'è qualcosa che non mi torna in questa storia.»

«Gianni, che vuoi che ti dica, se i risultati dell'autopsia non riveleranno niente di strano e dai rilievi non verrà fuori qualcosa di sospetto, io dovrò archiviare il caso per quello che è: un incidente di montagna.»

Tancredi allarga le braccia, si sfila dalla tasca la sigaretta elettronica e fa una lunga tirata. Ha fatto bene a chiedere all'appuntato di rimpinguare le sue scorte. Quando ha un brutto caso tra le mani – e gliene sono capitati ben pochi più brutti di quello – non deve mai restare a corto di sigarette.

Gianni annuisce, ma il suo sguardo è preoccupato. Scuote la testa lentamente, guardando le montagne che si stagliano all'orizzonte.

«Certo, certo, capisco, ma il turbamento di Andrea non posso ignorarlo, e nemmeno la sua preoccupazione mentre salivamo.»

Tancredi appoggia una mano sulla spalla di Gianni, cerca di trasmettergli tutta la sua comprensione.

«Andrea lo conosco da quando rotolava con lo slittino per la discesa della caserma, mai un colpo di testa, niente, un ragazzo d'oro il tuo... vabbè, a parte quella volta che gli ho sequestrato il motorino che aveva prestato al suo amico e quello ci stava facendo un casino che Dio solo sa.»

I due sorridono, si guardano negli occhi.

«Però Gianni, capisco che ora siete scioccati, Valentina per te è stata quasi come una figlia in passato. La mente quando è in questo stato non è lucida, confonde i ricordi, cerca giustificazioni.»

Gianni annuisce ancora, trattiene le lacrime. «Certo, certo, può essere» aggiunge, ma si vede che non è convinto.

«Io non ho capito cosa mi stai dicendo, non ho capito, scusami eh, se stai cercando di sottintendere che hai dei sospetti oppure...»

«No, no, nessun sospetto, figuriamoci, è solo che...»

«Che?»

«Forse sto cercando conforto anch'io. Ecco perché volevo parlare con Stevio e non con Tancredi.»

I due si abbracciano, Tancredi gli rifila un paio di pacche sulle spalle che farebbero vacillare un toro.

«Valentina è stata la donna più importante per Andrea, speravo che con questa esperienza si potessero riavvicinare, magari solo per diventare amici. Hai presente la brutta storia tra loro, no?»

«Certo, lo so benissimo. Ti capisco e ti sono vicino.»

«Che poi chissà perché ti sto dicendo tutte queste cose, non ne ho idea nemmeno io. Forse vorrei solo giustizia, e vorrei che anche la morte di Valentina non le venga rinfacciata per una sua leggerezza. Non sopporto l'idea che la sua memoria venga infangata in questo modo. Questi ragazzi sono sempre nell'occhio del ciclone. Non hai idea della quantità di pressioni, di interessi e di soldi che gira intorno a questo mondo. E in fondo sono solo dei giovani di vent'anni, non è nemmeno giusto che si trovino ad affrontare dei carichi simili. Se vedessi come li guarda la gente. L'affetto, l'invidia, il rancore, l'amore, tutto mischiato... è un mix tossico. E nessuno si rende conto che è un lavoro, un lavoro che richiede delle doti, dell'impegno e della competenza. Esattamente come le nostre professioni. Insomma, mi rendo conto che sto parlando troppo. È solo che già ci è arrivato addosso un macigno che rischia di schiacciarci, se poi arrivano anche i media, i social...»

«Cercherò di comunicare alla stampa le informazioni corrette, gli impediremo di fare giochini strani, su questo hai la mia parola.»

«Anche Valentina era una ragazza attenta, rispettosa della montagna e degli altri. Non posso credere che abbiamo commesso un'imprudenza così grande, non ci posso credere.»

«Stai cercando risposte, è comprensibile, Gianni.» E poi, grattandosi il mento: «Dimmi un po', visto che siamo in vena di confidenze, se puoi...» fa Tancredi. «Ma quel ragazzo lì, quel Rosso, come si è comportato? E anche quel Federico. Mi hanno dato l'aria di essere parecchio nervosi. Cosa anche normale, date le circostanze, eppure...»

«Non farti ingannare dalle apparenze, Rosso è un bravo ragazzo, fa solo un po' l'antipatico, ma è tutta scena. Fede invece l'ho visto molto provato, è un ragazzo dall'animo enorme, ecco perché era così sconvolto.»

«Chiedevo solo per informazione, sia chiaro.»

La volante arriva con il motore che urla a pieni giri. L'appuntato inchioda proprio davanti a loro.

«Tutto fatto, maresciallo.»

Pure il saluto militare.

«Grazie, Stevio.»

«Dovere» risponde Tancredi con un occhiolino a Gianni prima di salire in macchina e togliersi il cappello.

La macchina si allontana, Gianni rimane a fissarla, fino a quando le luci posteriori non vengono inghiottite dal quieto buio della città.

Se solo anche i suoi dubbi e le sue preoccupazioni potessero perdersi nel vuoto come quelle piccole lucine.

18

È passato a casa e per un po' – troppo poco – ha respirato un'aria che era quella di prima di andare via, l'aria della speranza e dell'entusiasmo. E poi Andrea si è sentito come se gli mancasse qualcosa dentro, come se gli avessero strappato un pezzo di sé. Non ha resistito. Ha afferrato il trolley viola, quello che usa per i viaggi brevi, ed è uscito per farne uno brevissimo: direzione hotel. Ha preso una camera con gli altri ragazzi, perché non se la sentiva di stare da solo, e anche perché in questo momento ha bisogno del contatto umano, in ogni senso: ha bisogno di vicinanza, di calore. Di confronto. Vuole capire, vuole essere capito.

Si è sistemato nell'unica stanza disponibile, una singola arredata in modo spartano. Si è appena fatto una doccia. Si sdraia sul letto in accappatoio e afferra il telefono. Inizia a cercare informazioni sull'incidente. Ha quasi paura mentre digita. Paura che già stiano circolando falsità e obbrobri vari. Il pubblico certe volte è come una bestia addomesticata che si accontenta di mandare giù quello che le offri, ma appena sente l'odore del sangue, l'odore della paura, ti salta addosso.

C'è un video di Fede, appena pubblicato.

> Ciao da Fede. Forse, oggi, è un altro Fede. Oggi qualcosa è cambiato, oggi se n'è andata un'amica, una compagna, una collega, una delle più grandi donne che io abbia mai conosciuto. Avrete già letto le notizie, le cronache, i commenti, certo. Infatti non è della tragedia in sé che voglio parlarvi.
>
> C'è stato un incidente, un grave incidente. Eravamo tutti presenti. E siamo rimasti scossi tutti, nel profondo. Ma come è potuto succedere? Io c'ero, e ho paura della direzione in cui mi possono portare i miei stessi pensieri. Ma so, perché lo so, che tutti hanno le loro ipotesi, i loro sospetti. Solo che nessuno ha il coraggio di parlare apertamente. Allora mi chiedo, cosa c'è dietro questo silenzio? Quali verità non dette si nascondono nell'ombra?
>
> Qualcuno del gruppo dirà che esagero, che vedo complotti dove non ci sono. Ma le cose stanno proprio così? E nel caso, perché nessuno dei presenti ha ancora aperto bocca? Ve lo dico io. Qui sotto c'è di più.
>
> C'è qualcosa che tutti temono. Non vogliono che venga alla luce.
>
> Per quanto riguarda me, potete credermi, io voglio solo che la memoria di Valentina sia rispettata il più possibile, che la sua storia – tutta la sua storia, da quando il suo nome ha iniziato a circolare fino a quell'ultimo, orribile giorno – sia limpida. Ma io qui di limpido non vedo nemmeno l'acqua della bottiglia, fidatevi delle mie paro

le. Ci sono degli spettri che si aggirano nelle nostre menti, nessuno escluso. Siamo come i classici pazzi delle barzellette, quelli che sentono le voci. E le mie voci mi dicono che ora, con tutto questo peso sulle spalle, non riuscirò mai a liberarmi di loro. Non se ne andranno, e anzi arriveranno altri spettri, ancora più pericolosi, sfuggiti dalle prigioni della mia memoria.

Questo è uno di quei momenti in cui mi sento completamente perso, sopraffatto. Ho combattuto demoni personali che mi hanno lasciato cicatrici profonde. E ora, con tutto questo caos esterno, mi chiedo se potrò mai trovare un po' di pace.

Prima che vi buttiate sulle tastiere con la stessa voracità con cui un vampiro ti affonda i denti nel collo, voglio dirvi che la mia speranza è proprio condividere verità. Prego affinché possa iniziare un processo di cambiamento. Voglio anche lanciare un appello ai miei amici: guardatevi intorno e chiedetevi cosa sta accadendo. Nel senso: cosa sta accadendo *davvero*.

Domandatevi se ciò che vedete è la verità, oppure se la superficie cela molto più di quanto appare. Non continuate a nascondervi, perché questo gioco ci farà vivere nel dolore. Ci terrà rinchiusi in una prigione di menzogne.

Ciao Vale.

Andrea è furioso. Scaraventa il telefono sul letto, si alza di scatto, si infila le scarpe e corre verso la porta. Riprende il telefono e le chiavi della stanza, abbassa la maniglia con una forza eccessiva, carica di rabbia, e per poco non va a sbattere contro Lilla.

«È mezz'ora che busso, non mi hai sentito? Che era quel video che stavi guardando?»

«Lilla? Ma sei impazzita? Che ci fai qui?»

Andrea è sorpreso, sgrana gli occhi. Ma subito nasce un sorriso sul suo volto.

«Oh, me ne vado se la mia presenza non è gradita.»

«Ma scherzi? È che non mi aspettavo di vederti, tutto qui... entra, dai.»

Lilla guarda la stanza. I capelli lisci e lunghi le scendono fino a metà schiena in un'elegante cascata di velluto, fluttuano delicati assecondando ogni suo movimento. È sempre vestita di nero, Andrea non le ha mai visto un colore addosso, mai. Però è un nero chic, che certi giorni confina quasi con lo stile goth.

Un'altra potrebbe quasi sembrare ridicola. Come un'adulta che si veste ancora da ragazzina. Su di lei, è tutto perfetto.

«Ti sei fatta metà capelli viola?» chiede Andrea osservandola da vicino. E poi, appena si riscuote dall'assurdità di fare commenti sul look in un momento come quello: «Lilla... eh, scusa... ma non stavi meglio a casa?»

Lei si gira di scatto su sé stessa, una specie di piroetta che è del tutto fuori luogo in un'atmosfera come quella e allo stesso tempo è piena di grazia. Dopo aver osservato nel dettaglio ogni singolo centimetro della piccola stanza, poggia sul letto il foulard con i teschi che si è appena slacciata.

«E tu? Era proprio il caso di trasferirti qui?»

«Ma va', ero venuto per stare con gli altri. Per

fare gruppo, essere uniti nella cattiva sorte e bla bla bla. E invece guarda qua che pubblica Fede.»

Le allunga il telefono e Lilla lo guarda tutto. Sul suo viso le varie emozioni sfilano come modelle su una passerella: lo stupore, il disgusto, alla fine addirittura un mezzo sorriso.

«Io spero che sia solo una botta di stress, perché quello che afferma è grave, per non dire delirante. O forse ha soltanto ripreso a farsi di brutto.»

«A farsi? Di cosa?»

«Certe volte sei così immacolato che mi metti paura.»

Andrea sorride, ma continua a non capire.

«Fede è uscito da una brutta dipendenza. Pasticche, roba pesante. Ha passato dei brutti momenti. Non lo sa nessuno, o meglio, lo sappiamo in pochi.»

«Ma non ci credo… non mi ha mai detto niente, e io… non ho mai visto niente.»

«Mi sa che ci sono un sacco di cose che non sai e che non hai visto» ribatte misteriosa Lilla.

Per la prima volta da quando è arrivata, lo guarda negli occhi. «Come stai?»

«Non ti so dire come sto. Ti posso soltanto dire come mi sento. In colpa. Inerme. Mi sento che non posso fare nulla per riportarla indietro, per poter tornare a qualche ora fa… sono schiacciato da tutto questo… è un peso troppo grande.» Andrea esplode in un pianto liberatorio, si accascia sul letto, scosso dai singhiozzi. Lilla lo abbraccia e lascia che si sfoghi, lascia che le lacrime del suo amico le bagnino la spalla.

«Non puoi addossarti colpe così grandi, sarebbe davvero ingiusto. E non puoi nemmeno dare retta ai deliri di Fede.»

«Ma non è mica solo lui, ho letto anche qualche altra notizia in giro, i soliti sciacalli sono già partiti in branco, è una cosa disgustosa. Aspetta…»

Scrolla il cellulare, movimenti frenetici.

«Ah, ecco: "Tragico finale per l'avventura degli influencer. Voler apparire a tutti i costi può spingere fino alla morte", "Giovani, bravi e incoscienti". Un altro: "Un gioco che finisce in tragedia. L'improvvisazione forse alla base del grave incidente".»

Lilla gli strappa via il telefono. Di scatto, quasi con violenza.

«Basta! Ma che te lo devo dire io che questa è soltanto spazzatura? Per favore.»

«Non è solo spazzatura. In fondo dicono la verità. Forse siamo stati troppo leggeri, imprudenti. Non dovevo mettermi in testa di fare una cosa del genere.»

«E cioè? Quale sarebbe questa cosa? Non dovevi metterti in testa di fare un'escursione in tutto e per tutto simile ad altre duecento che hai portato a termine senza il minimo problema? Senza contare tutte quelle che hanno fatto tuo padre, Fabio e pure Rosso? Non dire stupidaggini, basta!»

Lilla alza la voce, gli urla contro. Andrea però non è intimidito da quello sfogo. Anzi, la rabbia torna a incendiargli la voce, ancora più forte.

«Ma lo vuoi capire che Valentina è morta?»

Lilla lo guarda. Apre la bocca per rispondere, la chiude subito. Si abbracciano. È un momento consolatorio, di unione. Che poi si trasforma.

Impossibile capire qual è l'istante preciso che cambia la natura di quel contatto – sono solo le dita che stringono appena più forte, la mano che scende di un paio di centimetri lungo la schiena, il volto appoggiato sul collo che ruota impercettibilmente. Andrea inizia ad accarezzarle la schiena. Lilla ricambia la carezza e arriva fino al viso, i capelli. Si guardano e senza dire altro si baciano.

Nessuno dei due ha preso l'iniziativa, nessuno dei due l'ha deciso, nessuno dei due ha fatto niente. È successo e basta. È venuto così. E ora continua.

Andrea le toglie la sottile t-shirt nera, e poi il reggiseno ancora più sottile. I suoi seni gli sfiorano il petto, Andrea si toglie l'accappatoio senza smettere di baciarla. Si tuffano sul letto.

Un vortice di corpi caldi. Un tornado che spazza via tutto.

Lilla finisce di spogliarsi ed è sopra Andrea in un attimo. Si guardano, non pensano a nulla se non a quel momento.

Gli orgasmi arrivano in contemporanea, rapidamente, come se li aspettassero da tempo. Si stendono sul letto e si stringono le mani guardando il soffitto. Spenti e vuoti.

Dopo qualche minuto Lilla si alza per andare in bagno.

«Una doccia...» dice solamente, e lui annuisce.

Lilla entra in bagno e nota il beauty case di Andrea. Non può fare a meno di buttare l'occhio oltre la zip.

Nota dei preservativi e dietro uno scontrino. Lo srotola, ha la data di ieri.

Lilla si guarda allo specchio, sospira. Non le interessa se Andrea è andato a letto con un'altra. Le interessa solo se è andato a letto con Valentina, proprio la sera prima.

19

Per un attimo la musica invade i corridoi dell'hotel, è saltato il collegamento bluetooth, le note di *Dark Side* di Kelly Clarkson sono fuggite dalle cuffie di Sara Jean. *Tutti hanno un lato oscuro.*

Non ha sonno, sta uscendo, sono le quattro di mattina.

E non è la sola.

Nessuno sa cosa fare, nessuno riesce a dormire. Troppa adrenalina sparata a mille nelle loro vene. La notte è caduta su Madonna di Campiglio, avvolgendo le strade. Le luci morbide che scendono dai lampioni. L'aria è fredda ma in qualche modo è anche dolce, protettiva, ti lascia addosso un vago profumo di pini e di terra umida. La successione di case e tetti che si perdono in lontananza è una visione che ispira calma e serenità, con le persiane chiuse dalle quali filtrano bagliori soffusi.

Un contrasto perfetto con il caos che si è scatenato dentro di loro.

Ognuno per sé. Ognuno per la sua strada, letteralmente.

Rosso è uscito raccontando a sé stesso una scusa a cui non ha creduto neppure un attimo. In realtà non aveva per niente voglia di farsi una corsa, e infatti ha rinunciato dopo due chilometri, tarando il passo su una normale passeggiata. Sara Jean è in cerca di un locale, ha bisogno di bere qualcosa per non pensare, ma alle quattro di notte ha trovato solo un paio di bar in cui forse le riuscirà di ordinare un paio di birre senza che nessuno le punti il dito contro. Per Andrea invece è un'abitudine, lui esce spesso di notte per passeggiare e rimettere a posto i pensieri. Mai come questa volta ne ha bisogno. Idem per Fede. Si muovono in direzioni diverse, Andrea cammina con le mani infilate nelle tasche della giacca, il viso contratto in una smorfia di preoccupazione, Lilla è rimasta in stanza, e forse è meglio così. Sta cercando di capire se è stato giusto andare a letto con lei.

Sì, sono andati a letto insieme. Ancora non gli sembra possibile. E cosa è stato di preciso?

Una reazione automatica dei corpi che si sono trovati troppo vicini? Un bisogno di conforto in un momento terribile? Oppure un fuoco che covava sotto la cenere e ha trovato le condizioni giuste per divampare? Mentre cammina si accorge che ogni suono sembra amplificato nel silenzio notturno. Il fruscio delle foglie sull'asfalto è assordante.

Andrea gira l'angolo e s'imbatte in Fede.

«Ah, eccoti qua» gli dice con aria di sfida.

«Sei incazzato con me, immagino. Ma è una cosa che dovevo fare, mi dispiace.»

«No, non sono incazzato, sono solo deluso. Sei libero di fare e dire tutto quello che ti pare. Magari però la prossima volta evita di spargere fango e sospetti su altre persone, ok?» gli dice tutto di un fiato, un fiume di parole che non riesce ad arginare.

Fede annuisce poco convinto. Intravedono Rosso e Sara Jean dall'altra parte della piazza, si fanno un cenno a vicenda e si raggiungono.

«Il tuo video non lo commento nemmeno, era un delirio» fa Sara Jean appena arriva a portata d'orecchio di Fede.

«Sante parole. Amico, sei proprio fuori» le fa eco Rosso.

Fede abbozza, o così pare. Ma non sembra pentito, più che altro ha l'aria di uno che non ha proprio voglia di mettersi a litigare. Liquida la faccenda con un «Sì, scusate, sono un po' confuso».

«Io direi che sei parecchio confuso...» ribatte Sara Jean.

Iniziano a parlare d'altro, dei social che riportano la notizia, di quanto è stato straziante dare ad amici e parenti la cronaca completa della vicenda. Mentre parlano, attraversano una piazza in cui una vecchia fontana gorgoglia silenziosamente. La luce del lampione si riflette sull'acqua, creando giochi di ombre e linee che sembrano danzare sulla superficie.

Federico è rimasto un po' indietro. Accelera il passo, un'andatura irregolare e nervosa, quasi da ubriaco. Sono i nervi – come una spina conficcata nei muscoli. I suoi occhi scuri scrutano ogni viso, cercano una risposta.

«Sapete che vi dico? Non è vero che sono confuso, proprio per niente. E mi rifiuto di essere liquidato in questo modo. Perché è una vita che la gente me lo dice dritto in faccia: "Ma allora qual è il problema, sei confuso? Ti piacciono i maschi o le femmine? Ti vuoi decidere?". No, quello che ho detto l'ho detto perché mi sentivo sotto accusa, ma la verità è che lì sopra qualcosa di strano è successo sul serio. E lo sapete anche voi. I sospetti che ho... non me li toglie dalla testa nessuno. Non intendo sospetti su di voi in particolare. Però io sono convinto che non sia stato un incidente. Ecco, ora l'ho detto.»

Si ferma, prende un respiro profondo, guarda i suoi amici con occhi lucidi.

«Lascia stare, Fede, qui ognuno di noi sta reagendo in modo diverso, è normale anche avere dubbi, è successo tutto così in fretta» prova a placarlo Andrea.

Rosso e Sara Jean si trincerano dietro un profondo mutismo, guardano dall'altra parte. Non vogliono rispondere e continuano a camminare.

L'atmosfera è cambiata in modo irrimediabile. Le parole di Fede hanno squarciato un velo. Ogni gesto, ogni parola, ogni sguardo, adesso viene visto con altri occhi. Si fermano a una panchina, Andrea si siede, gli altri rimangono in piedi.

«Non possiamo permettere che i sospetti ci rovinino, perché Valentina merita la verità, e noi dobbiamo dargliela. Non possiamo annegare nell'odio. Dobbiamo trovare la forza di resistere.»

«Torniamo a dormire, forse è meglio» fa Sara Jean avviandosi lungo una stradina, senza rispondere ad Andrea, anzi, senza guardarlo nemmeno.

Nessuno dice nulla, tutti si incamminano. È come una marcia funebre, immersa in un rispettoso silenzio.

Andrea entra nella stanza, si stende vicino a Lilla. Lei, assonnata, lo stringe tra le braccia.

Sara Jean apre due bottiglie mignon di prosecco e le tracanna in pochi secondi, poi si tuffa stanca nel letto.

Anche Rosso è disteso sul letto, inizia a scorrere video compulsivamente.

Fede invece, arrivato in stanza, tira fuori quella che non avrebbe mai dovuto tirare fuori, quella che: «Non si sa mai mi venga voglia».

Se la rigira tra le mani decine di volte, sente delle goccioline di sudore tra la pelle e la t-shirt.

Continua a rigirarsela tra le mani.

20

Ha mandato un messaggio a suo padre alle cinque di mattina mentre rientrava dalla passeggiata notturna. Sapeva che lo avrebbe letto di lì a poco.

«Torno su al Grostè, voglio capire meglio, vieni con me?»

Un secondo dopo lo ha inviato anche a Fabio.

Nessuno dei due ha avuto la minima esitazione, hanno risposto entrambi un secco ok. Forse anche loro hanno voglia di sapere di più, di capire se sul serio hanno sbagliato qualcosa. La convinzione di aver seguito le regole, di non aver commesso sbagli, è forte. Eppure il dubbio continua a martellare ogni certezza. E l'eco della tragedia di Valentina amplifica tutto.

Il sole è già alto nel cielo quando Andrea, Gianni e Fabio entrano nel van nero, lo stesso del giorno prima. «Dobbiamo ricostruire tutto. Setacciare ogni istante, ripercorrere passo dopo passo, prendere nota di ogni stranezza» dice in tono risoluto, guardando negli occhi Gianni.

«Ma non dobbiamo inficiare le indagini. È una cosa di importanza fondamentale. Se ci sono nastri di segnalazione, segni di rilevamenti o qualsiasi traccia di intervento delle autorità dobbiamo stare alla larga. Non voglio mettere nei guai Stevio, è chiaro?» Gianni li guarda dallo specchietto. Annuiscono entrambi.

Rimettere gli scarponi su quel sentiero, a poche ore di distanza, non è facile. La montagna parla ogni giorno con una voce diversa, per chi la sa ascoltare. E oggi il suo sussurro è più incerto e sottile del solito, come se stesse trattenendo il respiro.

I tre camminano con passo spedito, hanno fretta di arrivare in cima, ma anche di scaricare un po' la tensione.

Il silenzio è rotto da Fabio.

«Quante volte ci siamo detti, io e te, che la montagna non è per tutti?» chiede camminando a testa bassa.

«In che senso?» domanda Andrea, già teso. Ha intuito qualcosa. Qualcosa che non gli piace.

«Nel senso che non è un gioco.»

«E quindi?»

«Quindi niente, dai, dico che bisogna prenderla sul serio.»

Andrea si ferma, guarda Fabio come se volesse sbranarlo.

«Stai dicendo che siamo venuti a fare un gioco in montagna ed è normale che una ragazza sia morta? È questo il senso? Magari doveva rimanere a casa a girare i suoi video, eh? E la colpa di tutto questo è mia?» Andrea è fuori di sé, il suo volto è vicino a quello di Fabio, pochi centimetri li dividono. Nemmeno lui sa cosa sta facendo.

Si conoscono da anni e in pratica non hanno mai litigato. In realtà, Andrea non ha mai alzato la voce con il suo amico.

Se ieri qualcuno gli avesse detto che avrebbero fatto a botte, Andrea si sarebbe messo a ridere.

Adesso invece sembra una prospettiva più che possibile.

«Questo stai dicendo Fabio? Eh? Che ho ammazzato una ragazza perché giocavamo agli avventurieri? Dimmelo chiaro se hai il coraggio. Dimmelo in faccia!»

Gianni si avvicina ai due a passo svelto. «Oh, oh, ma siete impazziti? Andrea, datti una calmata.»

«Io non volevo insinuare niente del genere. Stavo solo riflettendo a voce alta. Forse anche noi abbiamo sottovalutato la cosa, Gianni.»

«Non è tempo per i processi e ognuno ha la sua opinione. Ora smettiamola.»

Gianni li minaccia con lo sguardo prima di parlare.

Il silenzio adesso è così pesante che sembra capace di incrinare il manto di neve. Nessuno riesce a spezzare quell'atmosfera fino al luogo dell'incidente. La tensione è palpabile, ogni passo più difficile del precedente.

Ci sono nastri bianchi e rossi con i sigilli dei Carabinieri per tutto il perimetro vicino al bordo, da albero ad albero, alcuni fissati con dei paletti. Iniziano a perlustrare lì intorno, con circospezione.

«È come se ci fosse qualcosa che ci sfugge, un dettaglio» fa Andrea guardandosi intorno.

«Se si è allontanata così tanto, e in così poco tempo, perché ha gridato solo quei "no, no, no" soffocati di cui parla Sara Jean? Sempre ammesso che sia vero, naturalmente... E perché non ha cercato di avvicinarsi a qualcuno?»

Scavalca il nastro e si avvicina al lastrone dove è scivolata Valentina.

«Che fai, Andrea? Che fai? Sei matto?» urla Fabio come un pazzo.

Andrea gli fa segno di non preoccuparsi con la mano. Il lastrone ormai è stato consumato dal vento e dal freddo. È normale, l'alta quota è cambiamento continuo – se è vero che nulla si crea e si distrugge ma tutto si trasforma, in montagna la trasformazione è ancora più rapida e implacabile. Ma a guardare quello che è rimasto, l'idea che la lastra possa essere stata forata intenzionalmente per renderla più sottile e cedevole non è da scartare.

Andrea torna indietro.

«Ma dove sei andato? Come ti viene in mente di superare il nastro? No, Andrea, non te lo consento. Non è una cosa corretta.»

«Scusa, scusa, scusa, è stato solo un attimo.»

«Vieni a vedere qui, piuttosto.»

I tre si avvicinano a un albero, Gianni mostra alcuni rami spezzati in modo innaturale.

Come se qualcuno ci si fosse aggrappato, o ci avesse legato una corda.

Andrea prova a smuoverli un po', Fabio invece ci mette il peso sopra. Prima con prudenza, poi stacca di netto il gruppo di rami.

«Ma che cazzo! Un minimo di attenzione, accidenti! Ti ricordo che questa da un momento all'altro potrebbe diventare la scena di un delitto... io non capisco come fai a fare le tue sculture di legno con questa delicatezza che ti ritrovi.»

«Cavolo, scusa, non l'ho fatto apposta.»

Prova a rimetterli a posto goffamente, ma non c'è niente da fare. Li lascia lì a terra.

«Aspetta, potrei legarli.»

«Ma no, che legarli, dai, hanno già fatto i rilievi, si noterebbe subito.»

Fabio non lo ascolta nemmeno e va di corsa verso il suo zaino, ma a metà strada capitombola a terra.

«Ah! Che male. Dio, che cazzo di male, Dio...»

Andrea pensa che quello sketch lo ha già fatto mille volte, soprattutto quando c'era un piccolo malinteso a dividerli per un attimo. Un trucchetto per riappacificarsi con il sorriso.

Solo che stavolta è diverso. Di solito la pantomima durava pochi secondi, qualche minuto al massimo. E invece Fabio non si rialza. Continua a lamentarsi.

Gianni arriva da lontano.

«Tutto bene?»

«No che non va tutto bene. Il polso. Lo vedi?»

Si avvicina anche Andrea. Adesso è preoccupato. Gianni prova a fare qualche manovra alla mano. Le urla sono così forti che arrivano fino alla cima, l'eco risuona in metà vallata.

«Potrebbe essere rotto, dobbiamo tornare subito giù prima che si gonfi.»

«Rotto? Ma che dici?» chiede Andrea.

«Dai, non c'è tempo da perdere, gli faccio una fasciatura al volo per tenerlo più in alto.»

Gianni finisce il primissimo intervento in pochi minuti. Un bel lavoro, sembra la mano di un infermiere professionista.

Purtroppo il sopralluogo è finito, ma Andrea pensa anche che in fondo tornano con qualcosa di più di un cumulo di rabbia e di un osso che forse si è rotto. Tutto quello che potevano scoprire l'hanno scoperto. E ha anche qualche conferma alla sua tesi. Sì, quello che fino a poche ore prima non era che un dubbio – la lastra perforata, per quanto ormai non sia più verificabile – è diventato una certezza nella mente di Andrea. Non è stato un incidente.

Valentina non è morta per errore, e nemmeno per fatalità. Qualcuno l'ha uccisa.

«Andrea, che fai? Allunga questo passo per

favore!» gli urla Gianni, in testa alla fila, vedendolo rallentare.

«Ok, scusa» gli urla lui. Poi, rivolto a Fabio, che lo precede di pochi passi: «Come va? Fa male?»

«Si sta gonfiando e quell'antidolorifico di tuo padre è bello potente, mi sta già annebbiando il cervello. Però dai, poteva andare peggio... senti.» Si ferma un attimo, si gira e lo guarda negli occhi. «Scusa per quello che ti ho detto prima. Io, cioè, noi, siamo abituati a tutto in montagna, ma la morte è difficile... accettarla, sì insomma io...»

La voce di Fabio si perde in un sussurro imbarazzato.

«Lo so che non riesci a comunicare quello che provi, tranquillo. Non c'è bisogno che ti violenti così. Ti conosco da troppo tempo, e so che poi butti tutto sul lato aggressivo.»

«Eh, ecco, proprio quello volevo dire...» Fabio, con la testa bassa, si passa una mano sulla fasciatura.

«Dai, riprendiamo che altrimenti facciamo notte. Perdonato, tranquillo.»

Si sorridono e poi riprendono la marcia. Gianni è già avanti di un centinaio di metri.

21

Andrea cammina lungo il corridoio dell'hotel, su e giù, su e giù, senza sosta. È come nei vecchi film in bianco e nero, con il giovane marito che consuma i pavimenti dell'ospedale e si accende una sigaretta dopo l'altra mentre aspetta che arrivi un'infermiera con il cappellino bianco e un grande sorrisone ad avvertirlo che la sua sposina lo ha appena fatto diventare papà dando alla luce un bel maschietto.

Solo che lui non fuma, e non aspetta nessuna buona notizia. I suoi passi sono rapidi e nervosi, si batte le mani sui fianchi meccanicamente. Sara Jean. Deve parlare con lei. L'impazienza sta diventando un'ansia quasi dolorosa. Durante il tragitto di ritorno non ha fatto altro che pensare a lei, a quello che ha sentito – le ultime parole pronunciate da Valentina. E poi, poi si è ricordato che proprio Sara Jean era la più vicina al punto in cui è caduta, una volta diradata la nebbia. Un flash gli è scattato di sorpresa in testa, stampandogli dritto nel cervello quell'immagine che adesso lo tormenta. Ecco perché le ha scritto, chiedendole un incontro urgente.

La incrocia proprio alla fine del corridoio, con un abito lavanda che la fa sembrare molto più alta.

«Che è successo? Che è tutta questa fretta?» fa lei con aria turbata, il sopracciglio destro che si inarca a un'altezza quasi innaturale.

«Mi devi raccontare per filo e per segno quello che è successo. E intendo tutto, ma proprio tutto. Istante per istante, ok?»

«Ma... dell'incidente dici? Ho già raccontato com'è andata, che altro ti devo dire? Anzi, tra poco dovrò andare, ho appuntamento in caserma per la deposizione, Fede è già...»

«Sono tornato sul luogo dell'incidente e ho avuto conferme di alcune cose. E non solo. Adesso sono pieno di dubbi. Non ti sto accusando di nulla, sia chiaro, ma ho bisogno di capire. Capire nel dettaglio.»

«Ma sei impazzito? Ti metti a fare l'investigatore privato adesso? Cos'è, vuoi aggiornare il curriculum? Vuoi aggiungere un altro superpotere alla tua lista? Il grande Andrea, uomo di montagna, star del web, indagatore dell'incubo!»

Andrea abbassa lo sguardo, fa un lungo respiro e si appoggia al muro.

«Forse sono partito con il piede sbagliato, hai ragione. Senti, voglio solo giustizia per Valentina, e per quanto possano essere bravi e competenti gli investigatori, resta il fatto che io ero lì, tu eri lì. Certo, quando andiamo a deporre cerchiamo di riportare tutto nei minimi dettagli, ma le sensazioni che abbiamo vissuto restano fuori, è inevitabile. Certe cose non finiscono nei verbali. Ma forse è proprio in quelle emozioni, in quei dettagli che nessuno noterà a parte noi, che si nasconde la chiave di tutto.»

«Senti, ci tengo a parlare chiaro, d'accordo? All'inizio avevo qualche dubbio anch'io. Ma poi con il passare delle ore mi sono convinta che ci stiamo suggestionando tutti, stop. Sì, ok, qualcosa di strano nel come è successo ci può stare, ma Andrea, è stato un incidente, fattene una ragione.»

Allarga le braccia, il tono della voce si fa più dolce, si carica quasi di compassione.

«Non la vedo così, o meglio, la vedrò così solo quando avremo scartato tutte le altre ipotesi» ribatte lui.

«Ipotesi? Ma come parli? Ti rendi conto di quello che dici? Non sei mica Montalbano. O forse ti sei lasciato influenzare troppo dalla tua amichetta Lilla, quella che crede di risolvere i più grandi misteri d'Italia dalla sua cameretta chiacchierando a ruota libera davanti a un microfono. Non farmi quella faccia, l'ho anche vista qui in giro. Che vi siete messi in testa, voi due? Volete tirar fuori un bel podcast da questa faccenda? Magari ci scappa qualche sponsor nuovo. Non sarebbe male, no?»

Il tono di Sara Jean è cambiato drasticamente. Un'altalena di emozioni mischiate tutte insieme, la sua voce si alza e si abbassa a ogni frase, è come se parlassero tante persone diverse con la stessa bocca. Andrea è stupefatto. Almeno fino a che non si avvicina di un passo. E sente quella nota più aspra nell'alito di Sara Jean. Alcol. Anzi, superalcolici.

«Hai bevuto? Già a quest'ora? Ma perché? E devi anche andare in caserma.»

«Sei impazzito? Neanche un goccio. Ma come ti permetti?» L'altalena, di nuovo. Lo sguardo di Sara Jean si fa prima infuocato, poi imbarazzato, poi serio.

Andrea prova a cogliere il momento. «Avevi bevuto anche prima della spedizione? Dimmi la verità, ti prego, non voglio giudicarti.»

«Lo stai già facendo, in realtà.»

«Scusa... non dovevo, però capisci che torniamo tutti a battere sullo stesso tasto perché è un problema? Per la tua salute decidi tu, ma a vederti così, da amico, mi fa male. Fa male a tutti. E non è per le tue uscite quando sei fuori di te, ma è proprio perché non vediamo più la vera Sara Jean. Quella che ci troviamo di fronte è solo un clone, un'imitazione della vera te. Una copia sbiadita e scolorita. Ci fa male vedere la tua intelligenza e la tua sensibilità trasformate in aggressività immotivata. Scusa, ma è da tanto tempo che te lo volevo dire.»

Andrea parla a ruota libera, quasi non prende

fiato tra una frase e l'altra. Alla fine tira un sospiro di sollievo, come se si fosse tolto un enorme macigno dalle spalle.

«Quindi è così che mi vedete... come una povera alcolizzata che ha bisogno di aiuto?»

«No, ti vediamo come un'amica che sta buttando nel gabinetto il suo cervello e la sua credibilità.»

«Va bene, va bene. Risparmiami la paternale, ti prego.»

Sara Jean non lo guarda nemmeno in faccia. Annuisce, si volta, osserva il corridoio. Fa due passi indietro, stringendosi il gomito destro con la mano sinistra. Postura di chiusura totale.

«Ti dico, anzi ti ridico tutto, così poi mi lasci in pace: ero vicino a lei, la nebbia è calata e ho avuto qualche secondo di smarrimento, come se mi si fosse sconnesso il cervello per un istante. Un istante lungo, non saprei dirti quanto è durato. Non sapevo cosa fare, sono rimasta paralizzata, ma ho sentito muoversi qualcosa intorno a me. Non chiedermi cosa perché non lo sapevo e non lo so nemmeno ora, so solo che percepivo questa sensazione, proprio a livello fisico, di un corpo che si spostava. Immagino che fosse Valentina in preda al panico che camminava su e giù. Poi è arrivato quel: "No, no, no!".»

Adesso Sara Jean sta quasi urlando. Una nuova emozione si unisce al coro: la rabbia.

Andrea cerca di tenerla a bada parlando in tono pacato. «Bene, e da quale parte proveniva?

Da vicino, da lontano, destra, sinistra... sapresti dirmi qualcosa di più preciso?»

«Prima il grido era vicino... forse un paio di metri, poi d'improvviso lontanissimo e subito dopo un tonfo. Ecco, questo è tutto.»

«E poi?»

«E poi cosa? Non sapevo cosa fare, pensavo che fosse un grido di panico, cosa potevo saperne di quello che stava succedendo in realtà? E poi considera che ero completamente fuori di me, black out totale, non ci stavo capendo un accidente. Me ne sono rimasta così fin quando non si è diradata la nebbia, a quel punto vi ho visti tutti sparsi e stop. Non c'è nessun altro "poi".»

Andrea si sistema il maglione e annuisce. Con la coda dell'occhio però la osserva. Cerca qualche segno di menzogna o esitazione sul suo volto. Non lo trova.

«Grazie, e scusa per prima.»

«Non ti preoccupare. Adesso so come devo comportarmi con voi e non vedo l'ora di andarmene da qui. Sta diventando la peggior esperienza della mia vita, la peggiore, e sai perché?»

«Posso immaginarlo.»

«No che non puoi. Non è solo perché una persona se n'è andata. Se fosse solo capitata una tragedia, potrei anche accettarlo. La cosa davvero terribile è che non è morta solo Valentina: è morta la fiducia tra noi, è morta la verità. Se proprio devo credere alla teoria dell'omicidio – e ti ripeto che non ci credo fino in fondo, anzi – devo anche tenere la mente aperta a ogni possibilità. E tra le varie possibilità, c'è pure quella in cui il colpevole sei tu.»

Andrea spalanca gli occhi. Sta scherzando? È una specie di umorismo perverso? Per quanto sia paradossale, non riesce a trattenere un mezzo sorriso.

«Io? Ma per favore.»

«Se ci penso, hai tutte le motivazioni. Sei il suo ex storico, hai organizzato tutta questa roba che potrebbe benissimo essere solo una messinscena per vendetta. E la sera prima avete fatto sesso? Secondo me sì. Niente di più facile. Anzi, io lo darei quasi per scontato... Resta solo da vedere se sia stato un rapporto consensuale. Magari ci hai solo provato e lei ti ha rifiutato? Insomma, lo vedi quello che dico? Se ci mettiamo a fare la lista dei tuoi possibili moventi non la finiamo più, è una roba da far venire il mal di testa.»

Sara Jean gli si mette davanti, faccia a faccia, con aria di sfida. Da troppo tempo sta sulla difensiva, con tutti. Adesso un nuovo coraggio la infiamma. È bello passare al contrattacco.

Ma Andrea non si lascia intimidire. «Davvero? Parli proprio tu? Lo sanno anche i sassi che Valentina era la tua nemica giurata. L'hai scritto e postato ovunque. Con tanto di lite davanti a tutti, giusto qualche ora fa. Ti consiglio di non metterti su questo piano, perché hai solo da perderci. Non scherzare.»

«Certo, come no. Sarei stata così cretina da

ammazzarla proprio quando eravamo in gruppo e dopo quella litigata? Forse ogni tanto esagero con l'alcol, ma mica mi sono bevuta il cervello.»

I toni si alzano, Andrea si sta spazientendo. Una signora con un cagnolino bianco che attraversa il corridoio sente le voci infuocate, si accorge che i due l'hanno vista, e per un attimo si paralizza. Alla fine opta per una ritirata strategica. Prende in braccio il cagnolino e si richiude nella sua stanza. La passeggiata può aspettare.

Andrea e Sara Jean capiscono che è ora di riprendere un minimo di contegno. È lei a spezzare il silenzio per prima. «Adesso mi sento in colpa per non esserle stata più vicina, per non aver cercato di capire di più chi era davvero. Ho la sensazione di iniziare a comprenderla solo ora che è troppo tardi. Non puoi capire che cos'ho dentro. Un conflitto interiore devastante.»

Andrea la guarda dritto negli occhi, li vede inumidirsi e decide di non insistere. La conversazione ormai è inutile. Non può uscirne più nulla di buono. Solo dolore e veleno. Come da una ferita infetta.

«Ti capisco, anche se mi ritieni uno stronzo, magari persino un assassino. Ne riparleremo. Ora vado.» Algido e gentile, si avvia verso l'uscita. La ricerca della verità è appena iniziata, e sarà una scalata su una parete ripidissima.

22

Non tutti hanno voglia di passare del tempo insieme, anzi, quasi nessuno. È anche vero però che sono bloccati lì per chissà quanto tempo – giorni, se non settimane – e le possibilità di concentrarsi su altro sono ben poche.

Anche i contatti con il mondo esterno ormai sono ridotti al minimo. Prendere in mano un cellulare e scrollare qualche feed sembra un gesto quasi sacrilego. Come profanare la memoria di Valentina. Di altri svaghi, nemmeno a parlarne. Così il tempo passa, vischioso come colla, c'è da restare impantanati nelle ore che scivolano via.

Si ritrovano di nuovo a cena, anche se più che una cena sembra una resa dei conti. Tutti chiusi in sé stessi. Qualcuno più sospettoso.

C'è anche Lilla, che stava per andare via dopo aver scoperto la notte di sesso di Andrea e Valentina. Aveva pure preparato il trolley, anzi, stava per scendere in macchina. Poi ha deciso che no, non andrà proprio da nessuna parte. Ha dato la sua parola e ha intenzione di mantenerla. Darà il suo contributo per scoprire cos'è successo.

Insomma, rimane, ma distante anni luce da Andrea. In ogni senso possibile. Si è anche andata a sedere al posto più lontano a tavola.

Così si è ritrovata accanto a Rosso. Pure lui si comporta in modo strano. Dal momento in cui l'ha vista ha iniziato a parlare a macchinetta. Le avrà già fatto almeno un centinaio di battutine cretine sui suoi capelli colorati e ha cercato tutte le scuse possibili per parlare del podcast. Ha ripetuto all'infinito che è un fan. Insomma, è un po' troppo gentile. Lei si prende tutti i complimenti con sorrisi complici, è una reazione quasi inconscia – non lo fa di proposito per far ingelosire Andrea, che non degna nemmeno di uno sguardo per l'imbarazzo.

Chissà, forse proprio per far colpo su di lei, Rosso rompe il gelo della tavolata. «Andrea, non devi dirci nulla?»

Andrea si guarda intorno, sorpreso. Non si aspettava di essere tirato in ballo in quel modo.

«Come scusa? Cos'è che dovrei dirvi?»

«Tu e Valentina siete andati a letto insieme la sera prima della missione. Non mi pare una cosa da niente. Anzi, direi che è un elemento molto grave.»

Andrea è visibilmente imbarazzato, non sa se continuare a mentire. Lilla abbassa lo sguardo, mentre gli altri si sono già voltati verso di lui, gli hanno incollato gli occhi addosso. Vogliono sapere.

«Ho sentito che ti sei messo a indagare su di noi, so che hai anche dei sospetti, ti sei convinto che non si sia trattato di un incidente... e diciamo che su questa strada ti potremmo anche seguire. Però se la vogliamo percorrere dobbiamo arrivare fino in fondo. E quindi tanto vale iniziare a fare subito il primo passo, quello più ovvio: diciamoci chiaro e tondo che il primo a essere sospettato dovresti essere proprio tu.»

«Rosso, non so chi ti abbia dato queste informazioni, ma non mi è venuto il pallino di fare l'investigatore, sto solo cercando di capire come è morta Valentina. Perché ci sono cose che non tornano, e che ho intenzione di riferire puntualmente a Tancredi.»

«Ah, certo, il tuo caro amico Tancredi. Alla faccia del conflitto di interessi, eh? Però mi sa che ho capito il tipo, e secondo me non lo freghi. Non riuscirai a mandarlo fuori strada. Però è lecito da parte tua provarci.»

Andrea sbatte una mano sul tavolo.

«Basta, non starò qui a sentirmi insultare, ma che ti viene in mente?»

«Abbi pazienza, se ti metti a fare l'investigatore del crimine senza che nessuno ti abbia autorizzato, senza competenze e senza alcun diritto a ficcare il naso in storie che non ti riguardano... be', autorizzi anche noi a fare altrettanto, no? Mi sembra solo equo. Quindi ci autorizzi a pensare che, visti i vostri trascorsi burrascosi, visto che l'invito a partecipare è arrivato proprio da te, noi possiamo presumere che magari quella notte non sia andato tutto come speravi? Che è successo? Hai provato a portarti a letto Valentina e lei ti ha sbattuto la porta in faccia? Non a tutti piacciono le minestre riscaldate, sai? E allora proviamo a immaginarci lo scenario: tu ti becchi un bel due di picche, ma non lo accetti, il rifiuto ti brucia dentro. Lo prendi come un affronto. E gli affronti si devono punire. O sbaglio?»

Gli altri restano in silenzio. Sembrano ragionare sulle parole di Rosso. Condividerle, quasi.

Solo Fede trova il coraggio – o forse la sua è pura esasperazione – di tirare fuori la voce: «Adesso ti sei messo a fare l'investigatore pure tu? Ma secondo voi è tutto un gioco? Non avete il minimo rispetto per quello che è successo?»

Sara Jean annuisce, il viso ombreggiato da un sorriso sardonico.

«Sembra di essere in una diretta Instagram, o nel podcast di quella là.» Indica Lilla, fa due sorsi di birra uno dopo l'altro. Lilla la fulmina con lo sguardo ma tace.

«Andrea è sempre stato orgoglioso. E sappiamo tutti a cosa può portare l'eccesso di orgoglio, magari davanti a un "no"» rincara Rosso.

Andrea sembra cercare una calma zen da qualche parte, appoggia le mani al tavolo, si alza in piedi tirando un respiro profondo. Si liscia i capelli, si riempie per bene i polmoni, aspetta che l'ossigeno gli schiarisca il cervello. Poi, dritto in faccia a Rosso: «Non ti azzardare più a dire queste falsità. Le tue supposizioni puoi tenertele per te. Se volevi solo provocare come tuo solito, bene, ci sei riuscito. Ma questa storia finisce qui. Se vai avanti, potrei anche denunciarti per diffamazione».

Rosso sorride senza guardarlo in faccia. Invece guarda il suo orologio, schiaccia qualche pulsante a caso. «Oddio, mi sta salendo la pressione dopo questa minaccia... una denuncia, che paura.» Cerca lo sguardo di Lilla, ma lei è troppo presa da Andrea.

«Se vuoi che me ne vada, non c'è problema» dice con un filo di voce.

«Rimani pure, non ti importunerò più... tanto ormai chi doveva capire ha capito.»

Andrea non dice una parola e afferra un bicchiere di vino, buttandone giù metà.

Ma è il primo sorso che fa. Sara Jean non può certo dire altrettanto. Scoppia a ridere, ma le viene fuori un suono quasi metallico, vuoto. Innaturale. «Andrea non farebbe... 'na cosa del genere, mai, never... nemmeno per sbaglio» esclama, alzando il bicchiere come se volesse proporre un brindisi.

Rosso la fissa con disprezzo. «Se lo dici tu...»

«Sì, lo dico io. E dico anche che so chi aveva una ragione per desiderare che Valentina facesse una brutta fine. Lo so io, lo so.» Continua a bofonchiare la stessa frase, ancora e ancora.

Lilla, che fino a quel momento non ha aperto

bocca, interviene con una voce calma ma carica di tensione. «Sara Jean, a cosa ti riferisci? Di chi parli?»

Sembra l'unica disposta a darle credito.

Sara Jean si accascia sulla sedia. «Sapete che cos'è una shitstorm, ovviamente...» dice con un tono di voce fin troppo alto. Gli altri annuiscono svogliatamente.

«Ma nessuno di voi sa, o forse Rosso potrebbe saperlo, che Valentina è stata l'organizzatrice di una delle più grandi shitstorm degli ultimi anni. Contro la Meichmann. È una grande azienda, una delle più importanti produttrici di calzature tecniche in Europa. Valentina ha attaccato i suoi dirigenti per le politiche di deforestazione nelle loro catene di... di... approvvigionamento, ecco.»

«Forse avevo sentito qualcosa, ma non sapevo ci fosse lei dietro a tutto questo» fa Lilla masticando un pezzo di pane.

«Ha fatto perdere all'azienda qualche milione di euro e gettato un'ombra che non si toglieranno di dosso così presto. Si sono anche impegnati a rivedere le loro pratiche in materia di deforestazione.»

«E quindi? Ci stai dicendo che qualche pezzo grosso di una multinazionale voleva vederla morta per questo? Cos'è, un film di James Bond?» chiede Fede.

«Non solo per questo, ma anche per altri progetti di questo tipo che stava intraprendendo. Tutte cose che mettevano in ombra Sara Jean» sussurra Rosso.

Lilla e Andrea si guardano preoccupati.

Quando Sara Jean riprende a parlare, la sua voce è più limpida. «La star che si mette contro la deforestazione, ma in realtà non ne sa un bel niente. Avete idea di quanto mi potesse dare fastidio? Ecco perché non mi piaceva, ora ve lo posso confessare. Ve lo dico con il cuore in mano, che questo era l'unico stracazzo di motivo per cui non mi piaceva. L'unico. Per il resto... era una persona stupenda, e sono stata una cretina a volerle male per queste cose, non me lo perdonerò mai.»

Sara Jean scoppia in un pianto disperato, si accascia sul tavolino con la testa tra le braccia, singhiozza e biascica frasi incomprensibili.

Gli occhi di tutti si spostano su di lei adesso. Ma Sara Jean sembra non accorgersene nemmeno. Lilla si sporge in avanti, scuotendola per le spalle. «Andiamo un attimo in bagno, ti dai una rinfrescata» le propone con tono materno. Lei annuisce, si alza e di slancio si aggrappa a Lilla per non cadere.

«Grazie» le dice.

Gli altri intorno al tavolo si scambiano sguardi dubbiosi e preoccupati. Da una parte le rivelazioni che ha fatto potrebbero anche avere un senso, dall'altra c'è una loro amica che sta facendo a pezzi la sua intera esistenza sotto i loro occhi. E non c'è nulla da fare. Sono impotenti.

23

Neve sottile, il podcast
21 febbraio 2023, terza puntata

Benvenuti a una nuova puntata di Lilla True Crime. Una puntata che sarà arricchita dagli sviluppi che sono emersi proprio negli ultimi giorni.

Ci eravamo lasciati con il dubbio riguardo alla nebbia che è stata fatale a Valentina Sut.

Ma è stata davvero la *Nebbia Killer*, come hanno titolato tanti giornali? Oppure c'è un altro killer, un assassino in carne e ossa che si nasconde in mezzo a quel gruppo?

Le indagini non sono ancora chiuse, ma sono trapelati i risultati dell'autopsia e i primi rilievi.

Sono informazioni riservatissime che sono riuscita a ottenere da una fonte che vuole rimanere anonima, ma sono affidabili e certe.

Su questo potete avere la garanzia della mia serietà di giornalista, prima che di podcaster.

Cosa ci lasciano queste informazioni?

Dubbi.

Possiamo riassumerle con questa parola, che circola nelle nostre puntate da tempo.

I risultati dell'autopsia hanno rilevato che non c'è stata colluttazione, non ci sono stati segni di violenza o altro di significativo.

Partiamo dalla causa della morte, vi leggerò una copia del referto, si trova negli atti delle indagini. Avverto le persone più sensibili di skippare fino al minuto sette e ventidue se non vogliono ascoltare dettagli che possono risultare disturbanti.

Ampia ferita lacero-contusa nella regione frontale destra, con evidente frattura comminuta della teca cranica, compatibile con impatto violento contro una superficie rocciosa. Le fratture sono multiple; agli arti, frattura esposta dell'osso omero destro, con evidente dislocazione dell'articolazione del gomito. Si presentano anche fratture multiple e scomposte delle ossa del bacino.

Sono presenti su gran parte del corpo escoriazioni e abrasioni di grandi dimensioni, decisamente evidenti sugli arti inferiori e anche in quelli superiori, e sono compatibili con una caduta lungo una superficie rocciosa irregolare.

Le lesioni interne partono da una frattura longitudinale e trasversale della base cranica, con associata emorragia subaracnoidea. A seguire multiple fratture costali con conseguente pneumotorace bilaterale e lacerazione del parenchima polmonare.

Ho voluto leggervi questi passaggi per farvi capire, quando e se ci sarà un colpevole, quanto male sia stato inflitto a una povera ragazza.

Una ragazza che è morta in questo modo:

Le cause mediche del decesso sono la combinazione del trauma cranico grave, lo shock emorragico dovuto a lacerazioni interne, e il successivo arresto cardiaco traumatico.

Con una probabile successione degli eventi lesivi. Il decesso è avvenuto quasi nel momento stesso dell'impatto, o qualche minuto dopo.

Nel gergo comune, vuol dire morta sul colpo.

Dai rilievi effettuati, che sono stati tremendamente difficoltosi per via del maltempo, e per il fatto che molte eventuali tracce possono essere state cancellate dal gelo notturno e altre intemperie sopraggiunte subito dopo, non ci sono state particolari conferme.

Tutto è ancora in via di sviluppo, e potremo dirlo con certezza a indagini chiuse, ma noi abbiamo altre informazioni.

La prima riguarda una lastra di ghiaccio, fotografata da un partecipante del gruppo subito dopo l'incidente, e ormai inverificabile per il meteo, come dicevo. Non si nota molto, ma a un occhio attento si può scorgere qualcosa di strano, come se si fosse spezzata di netto, invece di lasciare bordi sconnessi come sarebbe stato naturale.

La foto in questione potete trovarla nei commenti.

E adesso torniamo alla domanda delle domande. Ammettiamo, anche solo per ipotesi, che Valentina Sut possa essere stata uccisa?

Sul perché, e anche sul chi, abbiamo già avanzato qualche ipotesi e ne avanzeremo altre. Ma è il come che ci interessa in questo frangente.

Sappiamo che la persona più vicina alla vittima quando è calata la nebbia era Sara Jean. Lei stessa ha dichiarato di aver sentito la voce di Valentina pronunciare un «No, no, no!», ripetuto più volte.

La stessa Sara Jean la sera prima aveva avuto un'accesa discussione, davanti a tutti, con Valentina. E non è un mistero che ci fossero delle forti frizioni tra loro.

Così forti da gettarla in un dirupo?

Ancora una volta torna la figura di Andrea, che era distante da Sara Jean poco più di cinque passi.

Francamente, mi sembra poco credibile additare Sara Jean, ma forse Andrea... Potrebbe aver pensato di aver trovato la colpevole perfetta? Il capro espiatorio ideale?

Una discussione accesa, la vicinanza fisica con Valentina, magari disposta o studiata dal capocordata stesso. Metteteci anche l'esperienza di un ragazzo sportivo che conosce la montagna come le sue tasche e non ha nessun problema a muoversi neppure nella nebbia più fitta.

Valentina, la star, che conquista il mondo dei social. E Sara Jean, quella problematica e iraconda. Agli occhi di molti, è plausibile che compia un gesto inconsulto.

Oppure potremmo prospettare una diabolica complicità nella coppia Sara Jean-Andrea?

Potrebbero aver unito le loro forze e il loro odio per creare l'incidente perfetto, l'insospettabile e pulito omicidio mascherato da tragedia?

Apparentemente sono due persone così distanti, poco compatibili. Ma anche la presenza di Sara Jean stessa alla spedizione sembra fuori luogo, strana. E chi è in ultima analisi il responsabile degli inviti? Chi era che aveva l'ultima parola sui partecipanti? Ma sempre Andrea, è ovvio!

Ricordiamoci quanto è incompatibile Sara Jean con gli altri, quanto è critica rispetto al mondo stesso che l'ha creata. Una presenza ingombrante, e per alcuni dannosa all'immagine del gruppo nel suo complesso.

Per non parlare dei suoi problemi legati a una dipendenza di cui non possiamo dire altro. Perché allora è stata invitata?

Dubbi, come dicevamo.

Ma qui è lecito chiedersi: è possibile che il

rancore, l'invidia, la rabbia, la competizione portino alla morte di una giovane donna incolpevole?

Lasciate rispondere alle vostre coscienze, non alla vostra pancia.

Io sono Lilla True Crime e questa puntata finisce qui. Nella prossima avremo altri sviluppi e nuovi approfondimenti.

A presto, vi aspetto.

24

Il garage di Gianni è sempre stato una sorta di laboratorio di magia per Andrea, un posto dove trovare attrezzi strani e tante meraviglie per la montagna. Ed è sempre stato un luogo di incontro con Fabio, spesso si davano appuntamento «Al garage alle quattro» solo per chiacchierare e smanettare con qualche attrezzo oppure per preparare un'escursione vera e propria.

Adesso sono qui al garage, invece, per sistemare le attrezzature dopo l'evento più tragico della loro vita, e l'atmosfera non è mai stata così cupa. Le pareti sono rivestite di scaffali metallici arrugginiti, pieni di attrezzature da montagna di alta gamma, c'è odore di olio, polvere e leggero sentore di umidità, tipico dei luoghi poco ventilati. Sul pavimento in cemento grezzo si notano macchie di grasso e impronte lasciate dagli scarponi.

Andrea sta riponendo i suoi in uno scaffale e

anche quelli che aveva usato Sara Jean, così come gli zaini da camminata. Fabio invece sta pulendo alcuni picchetti. Andrea sfila i bastoni che ha raccolto dal luogo dell'incidente in fretta e furia e nota che ce n'è anche uno di Valentina.

Non ci aveva fatto caso, aveva messo tutto dentro e caricato in elicottero in una sorta di trance.

La cosa gli sembra assurda: scivolando è improbabile che abbia lasciato gli unici punti d'appoggio che aveva, ovvero i suoi bastoncini.

«Non è strano, Fabio?» fa alzando il bastoncino in aria verso di lui.

«Che è?» Fabio si avvicina stringendo gli occhi.

«È quello di Valentina, devo averlo preso io nella fretta. Tra l'altro dovrebbe essere anche un elemento da analizzare... insomma, non dovrebbe essere qui.»

«Eh, sì.»

Fabio afferra il bastoncino e inizia a osservarlo con estrema attenzione, centimetro per centimetro, portandoselo proprio sotto gli occhi. Un attimo dopo, si allontana per mettersi sotto alla luce che arriva dalla porta del garage.

«Hai visto qui? Vieni, vieni, guarda.»

Andrea si avvicina e osserva il punto che indica Fabio, alla base del bastoncino.

«C'è un pezzettino di stoffa che non ha alcuna ragione logica di esserci.»

«Sì, a meno che non sia passata su un abito usato e sia rimasta impigliata... ma no, questo pezzo… a me sembra la stoffa di un pantalone o di una giacca, è un frammento troppo piccolo per arrivare a conclusioni certe, ma è nero di sicuro.»

«Sì, sì, è nero» dice Fabio cercando di staccarlo.

«No! Fermo!» Andrea lo blocca con uno strattone e poi inizia a rovistare nell'altra attrezzatura, in cerca di qualche indizio.

Svuota il contenuto del suo zaino a terra, tira di nuovo fuori gli scarponi e tutto il resto. Si passa una mano tra i capelli, pensando al modo migliore per affrontare la situazione.

Respira. Non è diverso dall'affrontare una spedizione in montagna. Passo dopo passo. Lucidità. Prima di intraprendere qualsiasi azione, rifletti a fondo.

Dovrebbe chiamare Tancredi.

Certo, è la cosa giusta da fare.

Indossa dei guanti da neve e prende il bastoncino. L'ultima cosa che lo lega a Valentina.

Inizia a esaminarlo con la luce del telefono. Si impone di restare calmo, ma non è facile soffocare il nervosismo – quell'impulso elettrico che gli fa contrarre i muscoli, che minaccia di spingerlo a commettere un errore.

Anche qui, un passo falso potrebbe avere conseguenze terribili.

«Dammi una mano, per cortesia.» Richiama Fabio con un gesto secco, e l'amico tira fuori la sua torcia da escursione. Iniziano a esaminare insieme. Quattro occhi vedono meglio di due.

«Cos'è che stiamo cercando di preciso?»

«Non lo so, qualche indizio, un dettaglio, come quello di prima.»

È passata mezz'ora, hanno ispezionato tutto, ma non hanno trovato nulla.

«Andrea, io non vorrei dirti, eh, però quel giorno gli unici che indossavano qualcosa di nero erano Fede e Rosso.»

«Quindi?»

«No, niente, via, era per dire che se quel pezzo proviene in qualche modo da uno del gruppo, deve essere per forza o di Fede o di Rosso. Poi come ci sia arrivato e perché... non saprei.»

«Io invece posso immaginarlo benissimo... mettiamo che, intenzionalmente, o magari inavvertitamente, uno dei due abbia spinto giù Valentina. È probabile che il nostro uomo non abbia nemmeno visto che uno dei bastoncini gli fosse rimasto impigliato nei pantaloni. A quel punto si strappa un piccolo lembo di tessuto. O sbaglio?»

«Mi sembra possa filare come ipotesi, eh, fila, fila.» Fabio annuisce grattandosi la barba.

«Certo, mi resta difficile capire il movente, se così possiamo chiamarlo. Però ho cercato delle informazioni e ho scoperto che Rosso ha avuto degli strascichi legali con Valentina, pare che lei lo abbia tirato in mezzo a una storia con tanto di avvocati... e anche Fede aveva delle vicende in sospeso con lei. Magari si è trattato solo di uno scherzo finito male, qualcuno che voleva spaventarla.»

«Andrea, l'unico modo per scoprirlo è cercare di fare domande, di capire. Però devi essere discreto. Insomma, non devi andare in giro a fare l'investigatore privato, ok?»

«Sì, sì, forse hai ragione.»

«Cioè, quel pezzo di stoffa potrebbe esserci finito in tanti altri modi lì. Non possiamo escludere che sia sempre stato attaccato al bastoncino o che ci sia rimasto impigliato dopo. Questo forse lo capirà chi di dovere. Solo, teniamo presente questo particolare. Fede, Rosso» riassume Fabio con sguardo serio, pronunciando le ultime parole a bassa voce.

«Ora lo porto a Tancredi, vediamo cosa verrà fuori dall'analisi.»

«Certo, ma intanto tu muoviti con discrezione, perché anche se gli inquirenti dovessero dimostrare con certezza a chi appartiene, Andrea, mica è detto che vogliano indagarli. E magari passa il tempo, loro se ne tornano a casa e diventa tutto ancora più difficile.»

Fabio sta rimettendo a posto le attrezzature, Andrea lo ascolta pensieroso, ha qualcosa per la testa che lo turba. Il suo amico si ferma un attimo e lo guarda fisso negli occhi.

«Tu e Valentina siete, cioè, avete... sei andato a letto con lei la sera prima?»

Andrea sgrana gli occhi. Quella domanda a bruciapelo – così fuori luogo, così macabra con l'immagine del corpo circondato dall'alone rosso del sangue ancora stampata a fuoco nella sua testa – gli fa l'effetto di una secchiata d'acqua gelida lanciata dritta in faccia. Lo strappa con violenza dai suoi pensieri.

Si alza in piedi, squadra Fabio.

«Ma che razza di domanda è? Cosa c'entra?»

«No, no, te l'ho chiesto giusto per... volevo capire, insomma sì, il legame tra di voi com'era...»

«Comunque no, non ci sono andato a letto.» Andrea risponde seccato e con una punta di imbarazzo, più per il momento sbagliato che per la domanda in sé.

Se glielo avesse chiesto in un altro momento forse avrebbe detto la verità.

«No, no, hai ragione, scusa, forse sono stato inopportuno.» Fabio fa per andarsene, Andrea vorrebbe fermarlo e dirgli qualcosa. Ma poi richiude la bocca e rimane in silenzio. Prende il bastoncino di Valentina e lo mette in un sacchetto, lo chiude con cura e poi esce dal garage.

25

Andrea

Lilla ha detto che deve aggiornarmi su delle cose che ha scoperto e poi se ne andrà. La sento fredda e distante, nonostante a letto sia stata tutto il contrario. Ho provato più di qualche volta a riavvicinarmi fisicamente, ma niente. Mi sono fatto molte domande su tutto quello che è successo, insomma, sento una forte attrazione verso di lei, una cosa che mi sembra ricambiata, e soprattutto un feeling a livello fisico che non mi aspettavo. È una cosa assurda, inspiegabile, conosci una persona da una vita, e il rapporto è sempre stato chiaro, limpido, senza sottintesi. E poi in un attimo…

Non l'avevo mai vista con occhio diverso, non avevo mai pensato a lei in quei termini, anzi. Solo qualche giorno fa sarei arrossito a pensarla nuda

– come a immaginare una madre o una sorella sotto la doccia.

Eppure... eppure è scattato qualcosa. E poi, con la stessa velocità con cui è scattato, così è tornato indietro, scomparso.

E se non le fosse piaciuto?

Forse per lei questo feeling non c'è. Forse ce l'ho solo io nella testa.

Guardo il telefono, c'è un suo messaggio che mi dice di scendere nella hall. Mi catapulto, arrivo e la vedo seduta ai divanetti, ha davanti il portatile, un telefono e un tablet. Mi fa segno di sedermi davanti a lei. Allungo il viso verso il suo, le cerco le labbra. Ma un gesto secco della testa mi fa piombare nell'imbarazzo.

«Prima di iniziare vorrei chiarire alcune cose con te» le dico subito mentre mi accomodo. Mi apro un bottone della camicia, come se avessi bisogno di un piccolo aiuto esterno per respirare meglio. In realtà è proprio così. Sono giorni che ho la sensazione di non riuscire a respirare.

«Perché vai via? Pensi di aver commesso una leggerezza l'altra sera e te ne sei pentita?»

Lo sguardo di Lilla è sul portatile. Fisso. Non sbatte nemmeno le palpebre.

«No, e te l'ho anche detto che è stato bello, molto bello. Ma non è il momento. Quando tutta questa storia sarà arrivata alla fine, saremo costretti a riparlarne.» Si sistema gli occhiali da lettura, fredda e impassibile. Credo di non averla mai vista così. «Per il momento, cerchiamo di tornare come prima, e soprattutto concentrati» aggiunge, e poi gira il PC nella mia direzione. «Sapevi che Valentina è stata adottata?»

Quella rivelazione mi arriva come una martellata in testa.

«No, ma non è possibile, conosco benissimo la sua famiglia...»

«*Adottiva.* La sua famiglia adottiva. Non c'è nulla di male, intendiamoci, esiste la privacy. Certo, magari con il suo ragazzo, con uno che frequentava casa sua, avrebbe potuto aprirsi... no?»

«Dove hai trovato queste informazioni, dovrebbero essere riservate, forse è un'omonima.»

«Sono riservate se non si entra nella cronaca. E grazie a una serie di controlli incrociati su alcuni archivi, be', è venuto fuori che l'adozione si è resa necessaria perché suo padre era invischiato in giri criminali. E non sto parlando di furtarelli o di illeciti di poco conto. Qui siamo di fronte a roba pesante. Associazione mafiosa, per essere precisi. E sua madre non era da meno. Era la contabile del clan. Valentina invece è stata data in affido dopo un presunto omicidio commesso dal padre. Compiuti i diciotto anni, lei ha voluto conoscerli. Sono riuscita a ricostruire per sommi capi il suo passato grazie a un piccolo e dimenticato trafiletto su un giornale scandalistico dell'epoca.»

Non so cosa dire, ho il cervello pieno di ovatta. È come se Lilla stesse parlando di qualcun altro. Non riesco a crederci. Quindi ogni volta che mi ha parlato dei suoi genitori ha mentito? O forse sono io che esagero? Alla fine dei conti, non era in alcun modo obbligata a parlarmi di un segreto che con tutta evidenza le bruciava dentro. Non ho diritto di rimproverarla per non aver condiviso con me il suo dolore. Eppure dentro di me continua a risuonare una voce che non so mettere a tacere. Ero il suo confidente, ancora prima che il suo ragazzo.

Perché non mi ha mai detto niente? Perché?

«Quando ha iniziato ad avere successo, ha fatto di tutto per cancellare le tracce del proprio passato. Se vuoi la mia opinione, deve aver investito svariate migliaia di euro. Si sarà rivolta a una di queste agenzie che ripuliscono la credibilità online. E devo dire che non la biasimo. Il problema però è un altro.»

Ho bisogno di interrompere il fiume impazzito dei miei pensieri.

«Aspetta un secondo, prendi qualcosa?»

«Un caffè schiumato freddo, grazie.»

Il cameriere mi passa accanto. Vorrei chiamarlo con gentilezza, ma sono troppo sconvolto per rendermi conto di quello che faccio. Va a finire che in pratica gli abbranco la manica, quello mi guarda perplesso, allora gli chiedo scusa e gli ordino il caffè e una cioccolata calda.

Devo mettere zuccheri nel sangue.

«Vai, sono pronto.»

«Il problema è che questa storia forse non finisce con i suoi genitori. Magari le radici risalgono ancora più indietro nel tempo. Chissà… mi sono immaginata che magari ci fosse qualcuno che doveva avere dei soldi, o magari solo una vendetta familiare…»

La stoppo alzando una mano. «No, Lilla, adesso stai esagerando. Posso arrivare a credere che il suo passato fosse per lei una ferita aperta talmente dolorosa che non ha mai trovato il coraggio di parlarne, ma te lo dico in tutta franchezza, mettersi a fantasticare di vendette di mafia mi sembra eccessivo. Per usare un eufemismo.»

«Guarda qua.»

Mi indica una serie di screenshot di una chat. Al posto del mittente, c'è soltanto una successione di numeri e lettere casuali.

Il contenuto invece è fin troppo chiaro. Minacce. E sono tutte pesantissime, cose del tipo «La tua ultima mossa è stata quella che ti ha condannato», «La tua vita per me conta poco, e ce l'ho io in pugno».

Ce ne sono molte altre. Le rileggo, ancora e ancora. Trattengo il disgusto per imprimerle per bene nella memoria.

«Ma dove le hai trovate?»

«Sai, con le conoscenze giuste, entrare in un profilo social è una passeggiata. Diciamo che ho molti amici che sono bravi a passeggiare.»

Butta giù il caffè, le sue guance acquistano un po' di colore, le esce finalmente il primo sorriso. Però credo che non sia per me. Più che altro, è soddisfatta di quanto è stata brava.

«L'utente cambia sempre nome, cioè, cambia

uno o due numeri, poi viene bannato o si cancella, ma il tono delle minacce è sempre lo stesso. Sarebbe utile sapere se Valentina ha mai denunciato queste cose.»

Si ferma e mi fissa. Aspetta qualcosa che non dirò mai.

«Tancredi ha il telefono di Valentina, magari sta indagando in questa direzione...» Alza le spalle.

Sorride di nuovo, non devo cascarci.

«Non posso, e poi, per come è preciso ed etico nel lavoro, non mi direbbe nulla.»

«Qui ci troviamo davanti a un bivio. Magari qualcuno è riemerso dal torbido passato della sua famiglia per vendicarsi, e prima ha pensato bene di rovinarle i suoi ultimi giorni lanciandole addosso minacce terribili. Ho indagato anche sulla storia che ha biascicato Sara Jean, quella vicenda della multinazionale, ed è tutto vero. Valentina si era messa contro qualcuno molto più potente di lei. Quindi anche questa ipotesi potrebbe rimanere in piedi. Magari qualche scagnozzo ingaggiato per metterle un po' di paura si è fatto prendere la mano. E poi c'è l'altra ipotesi: uno stalker, un pazzo che può essere arrivato anche a un gesto estremo.»

«Al punto da seguirci nella spedizione e spingerla giù? Senza che nessuno l'abbia visto, senza che la sua presenza sia stata notata in qualsiasi modo? Mah... mi sembra troppo improbabile.

Di solito gli stalker sono dei disturbati, te lo concedo, ma…»

Troppe informazioni. Troppa confusione. Sto iniziando a perdere l'orientamento.

«Le prime due ipotesi mi sembrano abbastanza remote, ma ho imparato a non sottovalutare mai nulla nel mio lavoro. Forse la pista più concreta è quella dello stalker. Ma questo vuol dire che il colpevole era in mezzo a voi. E per me potresti essere anche tu, Andrea.»

Non ci credo. Lo sta dicendo sul serio? La fisso, come a sfidarla a quel gioco che si faceva da ragazzini, quello in cui ti guardi negli occhi e cerchi di restare serio, e il primo che ride perde. Lilla chiude il PC, racimola le sue cose velocemente.

«Non sto scherzando. E poi ci sono altre cose che… vabbè, io vado che il taxi è già qui fuori.»

Si infila il giubbotto, non dice altro. Si morde il labbro inferiore, e quando fa così, lo so, è perché la tensione dentro di lei è salita alle stelle. Mi alzo e mi avvicino, ma stavolta non cerco un bacio.

«Non posso credere a niente di quello che mi hai detto, non voglio. Se potessi resetterei tutto. Stai accusando un tuo amico di essere uno stalker o chissà cos'altro, e per chissà quali fini.» Mi passo le mani tra i capelli, me li tiro indietro con forza. Arrivo a sentire la prima scintilla di dolore. Meglio così. Mi aiuta a distendere i nervi.

«Non ho nulla da dirti, sto solo cercando di arrivare alla verità senza farmi corrompere dai sentimenti.»

Le afferro un braccio e la blocco.

«Questo solo perché sai che mi avrebbe fatto piacere rivederla?»

Sorride, anzi, ride proprio. Si libera con fermezza.

«Non ti azzardare a toccarmi più. Da oggi ci sentiremo solo per risolvere questa situazione. Sempre se sarà il caso, visto che ormai non ho più fiducia in nessuno.»

Con uno scatto si mette in spalla il borsone e un'altra borsetta e si avvia veloce all'uscita.

Mi lascio cadere di peso sul divanetto, svuotato.

Non so cosa pensare, figuriamoci cosa fare. Quest'atmosfera è tossica per tutti. Devo chiamare gli altri a raccolta e cercare di fare fronte comune. Non possiamo rimanere soli.

26

«Ma non potevamo vederci a cena? Cos'è tutta questa fretta?» fa Rosso entrando nella birreria Home Stube, un ritrovo storico per gli adolescenti alle prime uscite a Madonna di Campiglio. Un dettaglio che uno come lui non può fare a meno di sottolineare: «Tra l'altro mi sembra di essere tornato ai tempi in cui i miei unici problemi erano l'acne e le cromature dello scooterone» commenta guardandosi intorno, osservando la platea di ragazzini come un regista che azzarda una carrellata.

«Chi ha fatto la deposizione?» chiede Fede agli altri, che si stanno accomodando sulla dura panca di legno.

Andrea indica Sara Jean. «Anch'io, sembrava di essere sotto interrogatorio però.»

«Funzionano così, mica siamo in una serie americana» risponde Rosso.

«Non è di questo che devo parlarvi, anzi, prima di iniziare sento il bisogno di scusarmi con voi per qualche urlaccio di troppo che può essermi sfuggito. Però vi prego di capire la mia situazione, in fondo ho organizzato io la spedizione... per me non è facile convivere con il senso di colpa e la mancanza di Valentina, quindi vi chiedo di nuovo scusa.»

Andrea parla stringendo le mani al petto. Cerca la concentrazione prima di riprendere il discorso.

«Lascia stare, siamo tutti belli carichi di ansia e paura, è normale» fa Rosso pulendosi il labbro dalla schiuma della birra.

«E forse, non lo so, forse è anche per questo che sto cercando la verità. Forse voglio capire se devo affliggermi e portarmi sulle spalle questo dolore per sempre, oppure... oppure comprendere cosa è successo veramente, cosa ho scoperto... cioè, abbiamo scoperto insieme a Lilla alcune cose che potrebbero aiutarci.» Andrea si rende conto che sta borbottando delle frasi sconnesse, il filo del discorso continua a sfuggirgli tra le dita, le parole gli scivolano via dalla bocca prima che lui possa comprenderle. È troppo nervoso, le mani tremano leggermente mentre tiene stretto il taccuino. «Valentina non è stata limpida con me, era stata adottata e non me lo aveva mai detto» ricomincia. Si impone di parlare con voce ferma, ma la tensione si percepisce lo stesso, impossibile nasconderla. «Questo non vuol dire che fosse una cattiva persona, solo che si vergognava della sua famiglia biologica. Una famiglia legata al crimine, purtroppo. E magari qualche ombra da quel passato potrebbe essere tornata a reclamare vendetta. Un regolamento di conti.»

Tutti lo fissano con gli occhi sgranati, in silenzio.

«Ma non c'è solo questo: grazie a delle indagini approfondite abbiamo scoperto che Valentina era oggetto di minacce, pesanti. E da tempo. Nell'ultimo periodo si erano intensificate in modo preoccupante.»

Sara Jean poggia il bicchiere di birra, nel silenzio generale è un rumore assordante. Chiede secca: «Nell'ultimo periodo? Cioè? Da quando di preciso?»

«Quindici giorni circa.»

«Anch'io ho ricevuto delle minacce anonime, ho segnalato tutto alla polizia postale, e ogni volta che ci andavo si placavano per un giorno, al massimo due o tre. Poi ricominciavano. Si è fermato tutto il giorno prima dell'incidente.»

«Questa storia non mi piace per niente» interviene Fede. «Perché anch'io ne ho ricevute, ma sapete, non ci avevo dato peso perché si riferivano tutte alla mia identità sessuale, alle battaglie sui diritti, e non vi sto a riferire la pesantezza delle offese. Però ora che ci penso, nelle ultime due settimane erano diventate tante e più inquietanti del solito.»

I tre si guardano in silenzio, Fede si accascia sulla sedia sbottonandosi il maglioncino verde smeraldo. Tutti e tre fissano Rosso, che fa un sospiro lunghissimo accompagnato da un «Eh...» pensieroso.

«Sì, sì, anche a me è arrivata della roba tutt'altro che piacevole, e sì, anche nel mio caso tutto si è intensificato nelle ultime settimane. A dirvi la verità ho cercato di pensarci il meno possibile, ricevo sempre insulti e offese quando rispondo a tono ai commenti, e quando dico sempre intendo tutti i giorni. Sono dei poveri repressi, non vi ci fissate.»

Fede tira fuori il telefono e inizia a far leggere i messaggi agli altri.

«Ma cazzo! Qui cambia il numero, invece di chiamarsi p9489204 come quello che ha scritto a me, si chiama p9489206, come se seguisse uno schema.» Rosso butta giù una nocciolina e si avvicina con lo sgabello a Fede, abbracciandolo alla vita e lasciando scivolare la mano pericolosamente vicino al fondoschiena. Fede lo gela con un «Non ricominciare, stavolta non ci casco», sussurrato in un orecchio.

Rosso allontana la mano e mette il suo telefono sul tavolo. «Bene, vediamo anche i miei allora.»

Iniziano a confrontarsi i messaggi, la leggerezza di Rosso scivola via man mano che realizza che dietro a tutte quelle minacce c'è la stessa persona, per forza.

«Ma che senso ha tutto questo?» si chiede mentre continua a sfogliare il suo telefono e quello di Sara Jean e Fede, uno a fianco all'altro.

«Sono deliri di uno che non sta bene. "La tua

morte sarà filmata in diretta", "Aspetto di assaggiare il tuo sangue da traditore", e guarda, questo è addirittura stato scritto dieci minuti dopo il mio, sembrano pure simili. "Percorrerai la bianca strada della tragedia con la colpa sulle spalle". A me ha scritto "Il percorso verso il successo è bianco, ma la tua colpa è macchiata di rosso sangue".»

«Della spedizione lo sapevano tutti, ed ecco spiegata la bianca strada e il percorso bianco, cioè il sentiero innevato. Ma o ha tirato a indovinare che sarebbe successo qualcosa, oppure è stato lui» commenta Sara Jean. È alla terza birra, sta già sbiascicando.

«Fermi, fermi, fermi: ragioniamo. Anche ammettendo che sia lo stesso pazzo, che motivo poteva avere per minacciarci? Cioè, anche gli stalker più folli e irrazionali hanno una loro logica, uno scopo malato, ma qui quale sarebbe? C'è qualcuno che vuole ucciderci tutti? E perché?» chiede Rosso. La sua lucidità lascia sempre un po' interdetti tutti, anche quelli che lo conoscono meglio.

«Ragioni con l'accetta e sei contraddittorio...» ribatte Fede.

«Ti piaccio quando sono contraddittorio. Sono molto più affascinante e maledetto, no?» Rosso lo interrompe con questa battuta che forse gli è scappata per colpa della birra – Sara Jean non è l'unica ad averci dato dentro. O forse è solo lo spirito competitivo di Rosso, vive tutto come se fosse una gara, dev'essere il primo anche nell'alcol.

«Faccio finta di non aver sentito.» Fede è gelido.

«Ma lo so che a te piacciono i belli e dannati, vabbè, a vedere certe tue conquiste, magari solo dannati scemi… ahaha.»

Si guardano tutti imbarazzati.

«Per favore, ragazzi, cerchiamo di capire seriamente cosa sta succedendo.»

«Infatti, iniziamo subito a capire come mai tu sei l'unico a non aver mai ricevuto minacce, Andrea. Avanti, spiegaci questa cosa» fa Rosso. E Sara Jean annuisce. Andrea non si scompone, scansa il bicchiere davanti a sé e poggia un foglio di carta stropicciato.

«E questa che roba è?» chiede Fede, incuriosito. Legge ad alta voce: «"Lascia stare le tue ricerche. Non ci saranno altri avvisi". Dove te l'hanno spedita?»

«L'ho trovata nella mia auto. Non aveva segni di effrazione ma non sono più riuscito ad aprirla con il telecomandino, ma solo con la chiave fisica di emergenza.»

«Hanno cambiato le frequenze del telecomando, è una coreana, vero?»

Andrea annuisce.

«Di certo chi lo ha fatto – e non sto dicendo che ti credo, per me puoi benissimo esserti inventato tutto – ha utilizzato un aggeggio interessante, ed è una persona che ci capisce di queste cose. Magari non è un professionista, visto che ha fatto un po' un casino, ma sì, potrebbe essere lo stesso stalker che a quanto pare sa muoversi quanto basta per non farsi beccare con le minacce online.»

«Sì, ma queste sono minacce mirate, reali, concrete, e soprattutto – mentre le vostre si sono interrotte a un certo punto – le mie sono arrivate proprio dopo. C'è qualcosa che non mi piace per niente in questa storia.»

Sara Jean si raddrizza sulla sedia, gli occhi azzurri fissi su Andrea. «Nemmeno a me, cazzo, nemmeno a me.»

«Rosso, dobbiamo entrare nei profili social di Valentina. Tu lo sai fare, no? Lo so che è illegale, che non è etico, non ti sto chiedendo di metterti a fare l'hacker, solo che… c'è un modo per avere queste informazioni? Dobbiamo capire che tipo di minacce sono arrivate a lei, oltre a quelle sporadiche che ha trovato Lilla. Abbiamo bisogno di saperne di più» dice in un sussurro, la voce carica di preoccupazione. Si guarda intorno.

«In realtà non c'è bisogno di hackerare nulla. Valentina mi aveva chiesto un parere tecnico sulle minacce che aveva ricevuto. Una specie di consulto, diciamo. Mi ha dato le sue password. Avrebbe dovuto cambiarle ieri sera…» Rosso scuote la testa lentamente.

«Che cosa? Quindi tu puoi entrare? Lì potrebbe esserci il nome del pazzo, e le indagini potrebbero arrivarci molto dopo, sono ancora fermi all'incidente, le procedure sono troppo lente. Magari ci arriva prima lo stalker e azzera i suoi profili. Ti prego, Rosso.» Andrea cerca di rimanere calmo, ma il nervosismo tradisce il suo vero stato d'animo, si passa una mano sul viso, sentendo crescere la frustrazione.

Il gruppo rimane in silenzio.

«Ok, vediamo che si può fare, va bene.» Rosso butta giù un enorme sorso di birra, Andrea sorride. Concentrato, deciso a scoprire la verità.

Nonostante le ombre che si allungano su di lui e su tutto il gruppo.

27

L'aria nella stanza è pesante, ed è pesante anche il silenzio. I sospiri, rapidi e spezzati, provano a infrangerlo, ma non riescono neppure a scalfirlo. Le parole, invece... sono irraggiungibili, impossibili da pronunciare. O anche solo da pensare. Andrea e Rosso guardano Valentina, è pallida e ha gli occhi cerchiati, seduta al centro di questo vuoto emotivo. Andrea si schiarisce la gola, lui non ha il diritto di chiudersi in sé, deve tirare fuori quello che ha da dire.

«Valentina» inizia, con una voce ferma ma gentile. «Abbiamo scoperto qualcosa di inquietante. C'è qualcuno che ti segue, anche fuori dalla rete.»

Valentina lo guarda, sconcertata, mentre Rosso si avvicina al tavolo, ci getta sopra una cartellina con una serie di fogli alla rinfusa. «Queste sono le prove che abbiamo raccolto» dice Rosso, aprendo la cartellina e mostrando delle foto: scatti di Valentina in luoghi pubblici, estratti di messaggi ano-

nimi. Le prove di un'ossessione che travalica i confini virtuali e si fa concreta, fisica, fin troppo reale.

Andrea guarda le foto, il mosaico di immagini che pian piano va a formare un quadro più chiaro nella sua mente. «Questo tizio» continua «non si è limitato a seguirti solo online. Ha tracciato i tuoi movimenti, ti ha osservata e pedinata.»

Il volto di Valentina si contrae in un'espressione di paura mista a incredulità. «Allora non era solo un pazzo dei tanti, io... io... a me scrivono un sacco di hater, lo sapete anche voi, però ho sempre pensato che si sarebbero fermati lì, come succede a tutti.»

«Stiamo cercando di... ecco, di capire, di scoprire qualcosa, ok?» Un sorriso rassicurante di Andrea la aiuta a distendersi per un attimo.

«Poi ci sono cose che abbiamo sul tuo incidente, ne stiamo parlando con Tancredi.»

«Incidente? Quale incidente? Io non ho avuto nessun incidente, di che stai parlando?» Rosso e Andrea si guardano in faccia per un attimo, con la paura negli occhi.

«Valentina, sei stata vittima di un incidente molto grave, durante la spedizione.»

Lei si alza in piedi, sbatte la borsa a terra.

«Ma... che scherzo del cazzo, fattelo dire, davvero di cattivo gusto, e non fa ridere, nemmeno un po'.»

«Noi scopriremo chi è stato, te lo giuro! Perché in realtà non è giusto parlare di un incidente... Aspetta, mi spiego meglio. All'inizio sembrava un incidente, ma non lo era, insomma stia-

mo facendo di tutto per arrivare alla verità. Tu credi in me, Vale?»

«Dai, basta, non ho tempo da perdere, adesso devo andare.»

Rosso tiene lo sguardo fisso a terra, non ha il coraggio di guardarla in faccia nemmeno per un istante.

«Perché mi hai mentito? Perché non mi avevi detto del tuo passato? Eh?»

«Il mio passato? Ma oggi sei fuori? Hai iniziato a farti di qualche sostanza strana?»

Andrea si gira, ma Rosso non c'è più. E quando si gira nuovamente verso Vale, non c'è più nemmeno lei.

Un lampo bianco.

Andrea si catapulta in avanti sul letto, fradicio. Per un attimo non sa neppure dove si trova, alza d'istinto lo sguardo per capire come abbia fatto a inzupparsi a quel modo. Poi ritrova quel minimo di lucidità di cui ha bisogno per rendersi conto che è solo sudore. Con un brivido, afferra il telefono e controlla le notifiche. Dodici messaggi da parte di Rosso.

Sono varie foto di chat dello stalker, i messaggi che mandava a Valentina. Poi ci sono anche altre foto, anche quelle inviate dallo stalker. Sempre lo stesso soggetto: lei, sempre lei, ancora lei in giro per Milano.

Andrea fatica a dare un senso al sogno che ha appena cercato di mandare in frantumi il poco che resta del suo equilibrio interiore. È solo il rimuginio di una mente ferita dal dolore? O è una premonizione?

Non ha tempo di rifletterci troppo, però. Il materiale che ha trovato Rosso è più urgente. Ed è sterminato.

È riuscito a entrare in tutti i profili social e gli indirizzi email. Ha anche fatto un backup di WhatsApp, c'è dentro una miriade di immagini e chat.

«Ovviamente ho aperto solo le comunicazioni sospette, sia chiaro, non mi sono messo a sbirciare nei fatti suoi» scrive Rosso tra uno screen e l'altro.

Lo stalker era una presenza costante in tutti i sensi. Nella sua vita, nel suo cellulare. Conosceva i suoi spostamenti, la seguiva praticamente in ogni sua mossa.

L'aveva minacciata di morte, di lanciarle l'acido in faccia e di altre atroci violenze, se avesse preso parte alla spedizione.

È questo il quadro che emerge dalla montagna di dati messi insieme da Rosso.

C'è anche un vocale.

«Senti, non prendermi per un impiccione o peggio, ma alcuni messaggi mi sono sembrati strani e li ho aperti e... adesso dovresti spiegarmi perché Fede, il giorno prima della spedizione, si è fatto accompagnare da qualcuno – non ho idea di chi sia, sto ancora cercando di capirlo – a fare lo stesso percorso che avremmo fatto noi da lì a

24 ore. Non credo lo abbia completato tutto, sono riuscito a trovare solo dei messaggi criptati, e poi qualche traccia dei rilevamenti del GPS, non voglio darti informazioni che magari non sono affidabili. L'unica cosa sicura è che Fede era lì. Ma che ci è andato a fare?»

Andrea non riesce a credere a quello che ha appena sentito. Non è una cosa normale, anzi, è un'anomalia profondamente sospetta. Per non dire incriminante.

Però... per quanto sia ripugnante, deve sforzarsi di ragionare come ragionerebbe un criminale. Non sarebbe un po' rischioso? E poi... Andrea si rende conto che i suoi pensieri stanno iniziando a deragliare in una spirale che lo porterà alla paranoia, ma non può togliersi il dubbio che ci sia qualcosa di *sbagliato*. Fede che segue Valentina per mesi. Che le rovina la vita. Che pianifica il suo attentato al punto da studiare la scena del delitto il giorno prima. E che poi agisce, senza la minima esitazione, senza mai tradirsi, senza mai smettere di recitare di fronte a delle persone che in alcuni casi lo conoscono da anni. Possibile? O al contrario, è possibile che qualcuno stia cercando di incastrarlo?

«Certo, potrebbe essere andato a manomettere la lastra, ma ho la sensazione che stiamo perdendo il controllo, Rosso, non solo di quello che facciamo ma persino di quello che pensiamo. Rimaniamo con i piedi per terra. Cerchiamo di capire se effettivamente Fede ha percorso quella stessa strada, e magari se avesse delle motivazioni plausibili, ok?» Andrea clicca Invio ma ormai non può più cancellare dalla mente l'immagine di Fede che prima va a manomettere la lastra e poi butta giù Valentina.

Rabbia, incredulità. Nemmeno lui sa che cosa sta provando in questo momento.

«Ah, e vuoi sapere l'altra chicca?» Un nuovo messaggio di Rosso. «Fede ha anche una terza utenza attiva, ma io l'ho sempre visto con un telefono, massimo due. Non ti sembra strano anche questo?»

Andrea si mette a ridere. Quello che gli esce dalle labbra, se ne rende conto, è un suono molto simile all'isteria.

«No, non è possibile Rosso, non ci posso credere… ti prego, accertati di tutte queste cose, sono surreali!»

Andrea ride per l'assurdità, sì, perché si sente preso in giro, perché non aveva capito nulla e anche perché non può andare da Tancredi a dirgli che sono entrati nei profili di Valentina e controllato quante utenze ha intestate un membro del gruppo. Va bene che Rosso era stato esplicitamente autorizzato, anzi, aveva ricevuto una precisa richiesta da parte di Valentina, ma…

«Come facciamo con Tancredi? Non possiamo tacere, va bene che è un amico, ma non chiuderebbe mezzo occhio su questa roba.»

«Lascia stare per il momento, cioè, magari potresti solo andarci a fare una chiacchierata e metterlo a parte dei sospetti che hai. Spiegagli che Valentina ti aveva parlato di uno stalker e via dicendo.»

«E perché non glielo avrei detto durante la deposizione?»

«Accidenti, ma ti devo spiegare proprio tutto? Inventati qualcosa, raccontagli che eri sotto shock, ti è venuto in mente dopo, no?»

Andrea annuisce convinto, in effetti non fa una piega.

«Posso dire che magari ho visto Fede che ogni tanto nascondeva un terzo telefono che non usava mai di fronte a nessuno? E magari aggiungo che qualcuno mi ha detto di averlo visto sul percorso il giorno prima. Ci può stare?»

«Ottimo, mi sembra perfetto. Vedi che piano piano impari anche tu?»

Finito lo scambio di vocali, Andrea si alza e inizia a vestirsi, ripassando mentalmente il copione che deve recitare di fronte a Tancredi.

Mentre si allaccia i pantaloni si ferma, afferra un block notes consumato – è una sua abitudine, ne usa tantissimi, la gente lo prende in giro, non ricorda nemmeno quante volte gli hanno dato del *boomer* per quella piccola, innocua particolarità – e inizia a scrivere.

Traccia una riga al centro del foglio. Da una parte quello che sa, dall'altra quello che non può dire a Tancredi.

In fondo, aggiunge un altro appunto: *controllare Fede*.

28

Andrea e Sara Jean sono arrivati alla stessa conclusione anche senza parlarsi. Ognuno deve qualcosa all'altro, che sia una scusa o una confessione, o magari semplicemente la voglia di aprirsi, di confidarsi.

Si sono sentiti per fissare un appuntamento, è stato uno scambio di frasi asciutto, operativo. Hanno deciso di andare a fare una passeggiata al lago delle Malghette.

È passato molto tempo dall'ultima volta che Andrea c'è stato, ma è un posto che conosce alla perfezione. Un luogo di silenzio in cui è possibile prendersi del tempo per riflettere, lontano da tutti – e però è anche facile da raggiungere con ciaspole e bastoncini.

Sara Jean arriva puntuale. Si salutano con un secco cenno del capo. Partono.

«A vedere questa distesa innevata, penso alla vita che c'è sotto. Genziane e stelle alpine sono proprio sotto i nostri piedi. Mi fa uno strano effetto, a te no?» gli chiede lei. A sentire la sua voce, un po' più indietro di quanto si aspettasse, Andrea si rende conto che sta andando troppo veloce. Il suo passo segue il ritmo frenetico della sua mente, non quello di una ragazza che, seppure in perfetta forma fisica, non ha certo la sua stessa esperienza in fatto di montagna.

«Oddio, no, a dire la verità. E a dirla tutta mi sa che non ho capito bene a cosa ti riferisci.»

«Voglio dire che mi sembra una specie di metafora di quello che sta succedendo... Immagina la neve come un velo di bugie che sta coprendo chi siamo veramente. E magari sono menzogne a fin di bene, dette solo per proteggerci, però nascondono tutto il resto. Sì, noi stiamo camminando su un grande velo di bugie.»

Andrea si ferma, aspetta che Sara Jean lo raggiunga, e ne approfitta per scrollarsi di dosso un po' di neve. Lascia passare qualche secondo. «Se ci pensi, è un po' come l'alcol, no? Copre tutto il bello che hai dentro e agli altri fa vedere solo una maschera allegra. Però c'è una differenza: che quella neve non se ne andrà in primavera, ma rimarrà per sempre lì, come nei ghiacciai perenni. E sai che nei ghiacciai non c'è vita, né sopra, né sotto.»

Ecco, lo ha detto, e in un certo senso se n'è già

pentito. Gli è bastato vedere quell'espressione sconsolata. Offesa.

«Uff... lo so...»

Non un granché, come risposta. Ma per Andrea è un sollievo. Per come si erano messe le cose, già che non lo abbia mandato a quel paese è un buon risultato.

«Ecco, dopo quella pianura c'è il lago, si intravede già.»

«Il fatto è che non ci riesco.»

«Non riesci a fare cosa, a raggiungere il lago o a smettere di bere?»

«Entrambe.» Un attimo di leggerezza, un sorriso breve a spezzare la tensione. Poi Sara Jean torna seria: «Cioè, prima pensavo che potevo controllare la cosa. Mi dicevo che era solo uno spritz, un cocktail quando si usciva. Poi ho iniziato a vedere che quando ero un po' alticcia riuscivo a fare contenuti creativi con più facilità, e anche a interagire con gli altri. Mi usciva tutto più semplice, più naturale. Più vero. Ecco, è stato questo l'inganno che mi ha fregato sul serio. L'illusione che la vera Sara Jean fosse quella. Quella che rideva e parlava e stava simpatica a tutti e riusciva a conoscere la gente come se fosse la cosa più semplice del mondo. Qualcuno ha iniziato a farmi notare questa cosa. Giorgia, la mia migliore amica. Mi ha detto che mi stavo guardando in uno specchio che mi deformava. Mi ha dato un ultimatum. O smettevo di bere, almeno quando ero con lei, o troncava i rapporti. Se ripenso a certe figuracce che le ho fatto fare...»

«...E?»

«E non ci sono uscita più, ho trovato sempre mille scuse. Lei è stato forse il primo prezzo da pagare per non ammettere di avere un problema.»

«E la tua ragazza?»

«Con lei nascondo tutto, ci aiuta che ci vediamo poco, ma invento sempre scuse per giustificarmi, le dico che mi sono concessa giusto un brindisi per celebrare delle ricorrenze inesistenti, e poi me ne vado sempre in giro col collutorio per l'alito... ecco, cose così...»

«Deve essere faticoso.»

«Cavolo se lo è! E credo che abbia capito che c'è qualche problema, abbiamo anche cominciato a litigare, e io mi dico e mi ripeto che è perché tra noi c'è qualcosa che non funziona, qualche incomprensione da sistemare. Ma la verità è che c'è un unico, gigantesco problema, e mi sa che non ho nemmeno la forza di guardarlo in faccia. Lei lo vede che ogni tanto esagero e se ne preoccupa. L'altro giorno, quando l'ho sentita per raccontarle tutto quello che era successo, mi ha chiesto subito se ero così ubriaca da inventarmi una storia del genere o se invece fosse tutto vero. Ti rendi conto?» Una punta di rabbia le sporca la voce.

Andrea annuisce continuando a camminare. «Capisco, ma anche stare vicino a una persona che ha un problema di questo tipo non è facile. Lo so bene, vedi, Vinny, Vincent, mio cugino che ha la mia stessa età, intorno ai vent'anni era totalmente dipendente dal crack. E oltre a questo, il problema era chi gli stava intorno, perché lui non era consapevole di esserci finito dentro, di essere schiavo. Figuriamoci, lui stava benissimo così, nel suo mondo. Gli altri invece, i genitori, e anch'io – che ero più un amico che un cugino – ci stavamo malissimo, tutti i giorni ne soffrivamo... mi sentivo impotente, non potevo fare nulla e mi arrabbiavo con lui. Un ciclo che non si spezzava mai, un abisso di frustrazione. Ma in un certo senso è stata anche un'esperienza che mi ha formato. Adesso posso dirti che l'unica cosa che ti può aiutare sul serio è arrivare alla consapevolezza che non puoi andare avanti così. O meglio sì, *puoi* andare avanti così, ma per quanto? E fino a dove? Perché lo sai che alla fine ti fai male. Tutti noi abbiamo le nostre debolezze, ma quando le nostre debolezze diventano il nostro tallone d'Achille perdiamo ogni protezione, diventiamo troppo vulnerabili. Nudi davanti al mondo.»

«Sono confusa... Cioè, ora ho una specie di consapevolezza, ma fino a pochi giorni fa questi discorsi mi davano fastidio, come se fossero dei rimproveri, poi non lo so, il trauma che stiamo vivendo mi sta portando, mi ha portato, anzi, a rendermi conto sul serio che devo lavorare su me stessa... Ovvio che non ti potrò dire "Da oggi non berrò più un goccio di alcol, mai più" perché non ci riuscirei. Sarà un percorso lungo e faticoso ma ho deciso che dovrò intraprenderlo e ovviamente mi dovrò fare aiutare.»

Andrea si ferma. Pianta i paletti nella neve, guarda Sara Jean. Sta piangendo.

Si abbracciano, si stringono forte. Un momento necessario, di condivisione vera. Anche se non riescono ad ascoltare i loro cuori, possono immaginarli che battono a un ritmo che poche volte hanno raggiunto in vita loro. Una ventata improvvisa li ricopre di un velo di neve caduta dal ramo di un albero che pende sulle loro teste, maestoso e solenne.

«Mi devi veramente scusare per tutto quello che ti ho detto e per come te l'ho detto. Ma se sei arrivata a questa conclusione forse ne è valsa la pena, mi dispiace solo se ti ho trattato un po' male e ho sospettato di te.»

«Grazie Andrea, grazie davvero, adesso sto capendo tutto quello che mi sta succedendo.»

Tira su col naso, gli occhi ancora pieni di lacrime.

«Ehi senti» fa Andrea con un sorriso. «Parliamo di altro, ti va? Anzi, l'altro motivo per cui siamo qui è che stanno venendo fuori delle cose molto pesanti.»

Osserva il lago ghiacciato, i riflessi che vengono creati dalla fioca luce invernale. L'inquietudine è troppo forte. «Cavolo però, tutta questa dimestichezza di Rosso nel maneggiare tecnologie complicate mi preoccupa.»

«Non ti seguo, scusa... ti preoccupi per cosa?»

«Ricordi lassù, poco prima che... che succedesse quello che è successo. C'è stato un attimo di confusione, e non mi riferisco a quando è scesa la nebbia, ma a poco prima. Noi stavamo cercando di controllare il meteo, in realtà facevamo dei check continui per verificare le condizioni che avremmo incontrato man mano che ci avvicinavamo alla meta, ma a un certo punto i cellulari hanno smesso di prendere. Cioè, lo so che di questo te ne sei accorta, ne abbiamo anche parlato. Il punto è che quei minuti sono stati decisivi. Siamo andati avanti senza informazioni, convinti che fosse solo una zona scoperta, un tratto in cui la rete era inaccessibile. E dopo è arrivata la nebbia, e poi è stato troppo tardi. Non lo so, e se fosse stato Rosso a schermare i telefoni? Per lui sarebbe una passeggiata una roba del genere. È un doppiogiochista da sempre, e anche se ci sta aiutando, non riesco ad avere fiducia in lui al cento per cento.»

«Guarda, io sono molto critica sulla tecnologia nel suo complesso, e gli smanettoni e i guru come lui non li tollero proprio. Quindi sono poco obiettiva.»

«Siamo venuti qui» Andrea fa un gesto con il braccio per cercare di allargare il più possibile la panoramica verso lo scenario che stanno osservando, poi si porta la mano alle orecchie, «perché qui non ci può ascoltare e intercettare nessuno, o almeno lo spero... Ormai dopo quello che sto vedendo, dopo che ho scoperto le cose che è in grado di fare Rosso, mi sento inerme. Schiacciato dalla paura.» Andrea si appoggia a un albero, si sfila i guanti e tira fuori il cellulare. «Ecco, guarda: ho altri messaggi di Rosso che sta tirando fuori tantissime informazioni. Io non riesco a capire se davvero sta facendo un gioco sporco per far ricadere la colpa su qualcun altro.»

«Ma perché avrebbe dovuto farlo? Capisco i tuoi sospetti e ovviamente non stento a credere che potrebbe essere così, non tanto per il suo carattere – è arrogante e provocatorio, sì, ma lo sappiamo tutti che fare il buffone è soltanto il suo modo di proteggersi da qualche insicurezza... Ma perché avrebbe dovuto uccidere Valentina? Stiamo parlando di una cosa molto grave, Andrea.»

«Non lo so, non lo so... ma credo che non esista una motivazione razionale. Una cosa del genere non può essere mai giustificata da nulla. Siamo comunque nel territorio della follia, dell'ossessione. Quindi adesso voglio capire se Rosso potrebbe aver avuto un movente.»

Sara Jean si siede, poi si sdraia sulla neve e allarga le braccia, distende le gambe e fa un grandissimo sospiro. Chiude gli occhi.

«Mi sembra di vivere in un incubo. Vorrei che tutto questo finisse il più presto possibile, vorrei rimanere da sola con il dolore per la morte di Valentina senza più tutto questo veleno.»

Andrea annuisce, si siede. La guarda, poi si stende anche lui. Ma non chiude gli occhi, rimane a fissare i rami che ondeggiano sopra la sua testa – e lo nascondono, gli permettono di perdersi nei suoi pensieri.

29

Casa di Andrea è immobile. Ferma al giorno prima dell'incidente, sembra quasi che l'edificio stesso si sia ostinato a restare così com'è. Ogni stanza, ogni oggetto, ogni superficie: tutto cristallizzato nel tempo, un fermo immagine trasportato nella vita reale. È come vivere in un incantesimo, al punto che Andrea ha quasi paura di aprire la porta per accogliere gli altri.

Sara Jean è la prima ad arrivare, Fabio la segue qualche minuto dopo. Fede e Rosso si presentano insieme, e già questo sembra strano.

Andrea ha raccolto qualche pettegolezzo – perché i pettegolezzi, se sai come usarli e non ti lasci contagiare dal morbo della cattiveria e dell'invidia che si portano dietro, possono essere degli ottimi punti di partenza: come le leggende metropolitane, contengono quasi sempre un fondo di verità. A quanto pare Rosso e Fede sono andati a letto insieme, e proprio la sera prima della spedizione.

«Be', che cos'è che abbiamo qui? Il party dell'interrogatorio?» fa Rosso con il suo atteggiamento strafottente. Abbranca un mucchietto di patatine fritte, Andrea ha preparato una sorta di aperitivo casalingo.

Inizia a masticare a bocca aperta, sembra quasi che stia sfidando gli altri.

Andrea lo guarda a lungo, non ha intenzione di lasciarsi intimorire. Però non vuole nemmeno cadere nella provocazione. *A volte sembra di avere a che fare con uno schizofrenico*, ragiona. *Dice di aver smesso con le droghe, e poi cambia nel giro di un secondo – prima è collaborativo, amichevole, e poi ti gira le spalle, ti mette alla prova.*

«Tranquillo Rosso, nessun interrogatorio, solo un po' di tempo per stare insieme e per cercare di distenderci. Dobbiamo essere più collaborativi, condividere in modo più efficace le informazioni che abbiamo, perché ne abbiamo, e ne abbiamo tante.»

Il salone di Andrea ha tinte morbide che creano un contrasto stridente con i quadri alle pareti, tutti dai colori molto accesi. Un effetto voluto, non c'è un solo elemento in tutta la casa che non sia stato aggiunto dopo una lunga riflessione. Talvolta l'armonia nasce dalla dissonanza. C'è riuscito: casa sua è sempre stata elegante e allo stesso tempo accogliente. Un luogo in cui chiunque ci sia capitato si è sentito a suo agio.

Ma tutto questo non basta per stemperare l'aggressività che ribolle tra di loro. Si sente sottotraccia, pulsa nelle vene.

Ogni parola e ogni sguardo sono carichi di sospetto.

Sara Jean ha in mano un calice di vino, ma sta cercando di trattenersi, di non esagerare. Una sfida con sé stessa che la consuma. Soprattutto in questo momento di tensione c'è un pensiero che sovrasta tutti gli altri, che parla con una voce così potente da coprire qualsiasi altro discorso: *Prendi quella bottiglia da sopra al tavolo e scolatela in un sorso, chiudila con tutti questi problemi. Almeno per un po'*.

«Rosso, come si fa a oscurare il segnale di tutti i cellulari che rientrano in una determinata zona?» chiede. Le esce fuori un tono leggero, come se fosse una curiosità priva di importanza. E in un certo senso per lei lo è davvero. Perché si è appena resa conto di aver perso la battaglia: la sua mano si è mossa senza che lei se ne rendesse conto, si è stretta sul calice. Prende un sorso di vino.

«Ma che cazzo di domanda è? Ah aspetta, ho capito dove vuoi andare a parare, ho capito tutto, ragazzi. Però vi avverto: se davvero la volete mettere su questo piano, io posso andarmene anche subito e mollarvi qui, non c'è bisogno di andare avanti.»

Si mette lo zaino in spalla e si avvia alla porta, ma Andrea è più veloce di lui. Gli mette una mano sulla spalla, lo blocca. Con gentilezza. E con fermezza.

«No dai, per favore... Sara Jean si è espressa male. Ti voleva dire un'altra cosa, e cioè che siamo arrivati alla conclusione che qualcuno deve aver messo temporaneamente fuori uso i cellulari. Ne avevamo già parlato, ricordi? Viste le tue conoscenze volevamo solo sapere se è fattibile. Proprio a livello tecnico, intendo. Stiamo cercando di inquadrare il profilo del potenziale assassino, tutto qua.»

«Eh, lo vorremmo capire tutti, perché sembra sempre più strano che sia stato un puro caso di malfunzionamento» aggiunge Fede.

Rosso si ferma, fa un sospiro, poggia di nuovo lo zaino a terra e si lascia cadere sul divano di Andrea. Getta il telefono sul tavolinetto e osserva gli altri con aria sprezzante. Sara Jean finisce il suo calice di vino e lo poggia vuoto sul tavolo, lontano. Fabio resta in silenzio, osserva senza interagire, ma purtroppo il suo unico ponte di comunicazione con il gruppo, l'ironia dei primi giorni, non è proprio congeniale in questa situazione.

«Quindi se adesso io vi spiego per filo e per segno come si fa – perché si può fare, certo che sì – voi mi verrete a dire che sono stato io, che avevo chissà quali strani motivi per uccidere Valentina. Se invece vi dico che non lo so, o che non si può fare, voi mi accuserete di depistarvi, direte che sto mentendo per coprirmi le spalle. Insomma, come la giriamo, la giriamo, finisce sempre che mi ritrovo sul banco degli imputati. O sbaglio?»

Sara Jean si fa avanti trascinando una sedia al tavolinetto proprio davanti a Rosso. Anche se non ha bevuto tantissimo, si sente dentro il coraggio fasullo che cercava.

«Va bene, Rosso, dobbiamo essere sinceri con te: forse Andrea ha voluto placare gli animi, ma in realtà è vero che pensiamo che tu abbia incasinato in qualche modo i cellulari, proprio perché sei l'unico in grado di farlo e hai conoscenze tecnologiche che noi ci sogniamo. Cioè, io non me le sogno per niente, per me sono più un incubo che altro, ma ci siamo capiti. Magari volevi solo spaventare qualcuno, o rendere più difficile la spedizione, non lo so… e poi è successo qualcosa di imprevisto.»

Rosso si è stampato in faccia un sorriso sardonico. Non dice nulla, il suo silenzio inquieta tutti.

«Certo, certo… è tutto molto chiaro, ma non entrerò nel merito. Oggi ho detto tutto quello che dovevo dire. A questo punto facciamo qualche passo indietro e torniamo all'unico che potrebbe essere il colpevole, perché io le ho lette le chat con Valentina, io ho letto tutto quello che c'è stato tra lei e Andrea. Io so tutto, e so anche che potrebbe essere uno degli accusati principali. Non ci potrei mettere la mano sul fuoco qui, adesso, in questo momento, ma non mi metto a fare l'investigatore privato da quattro soldi. A differenza vostra, a quanto pare. Perché non ho nessuna prova, ma solo tanti, tantissimi indizi che *potrebbero* diventare una prova. Ok, Andrea?»

«Senti, adesso basta» risponde lui. «Non voglio solo tirarmi fuori dai casini, se volete possiamo anche parlare dell'assurda ipotesi che hai appena spiattellato. Sentiamo, come avrei fatto a mettere fuori gioco i cellulari? Io non ci capisco niente di questa roba. E poi, Rosso, stai tranquillo: potrei farle leggere qui ad alta voce queste misteriose chat di cui parli. Anzi, se vi va lo possiamo anche fare, vi sblocco il mio cellulare e vi faccio leggere, così vediamo chi è che sta raccontando delle stronzate, ok? Sono veramente stufo.»

«Ah, tu saresti stufo? Mi state crocifiggendo da quando sono arrivato, per favore Andrea, sai che sei veramente un grandissimo attore? Mi sa che hai sbagliato mestiere. Ma non è mica troppo tardi. Ho un sacco di contatti nel mondo dei casting, posso mettere una buona parola con le persone giuste.»

Il volto di Andrea sta passando rapidamente dal rosso al viola. Un colore preoccupante. Le mani sono strette a pugno con tanta forza che le nocche sono diventate bianche. Con uno scatto improvviso afferra lo zaino di Rosso e lo scaglia lontano. Rosso salta in piedi e gli dà uno spintone. Andrea finisce a terra e lui ne approfitta per riprendersi lo zaino. Ma nel frattempo il suo avversario in quel grottesco incontro di boxe si è già rialzato e gli ha restituito lo spintone, più forte. Quando Rosso sbatte contro la parete fa cadere un quadro, la cornice va in mille pezzi.

Andrea si fa di nuovo sotto, ma lui lo afferra per un braccio e prova a dargli una testata.

Sarebbe abbastanza forte da fargli saltare i denti. Per fortuna, Andrea ha i riflessi pronti e si tira indietro.

Sara Jean è rimasta a bocca aperta e il calice di vino sospeso a mezz'aria, ma gli altri si riscuotono e provano a intervenire. Fede non è tagliato per situazioni del genere, Fabio invece è grosso, e non ha paura di farsi rispettare. Alla fine li separa, con le cattive. Sul braccio di Rosso si sta già scurendo un livido. Urlano tutti, zittendosi a vicenda, Sara Jean ha richiuso la bocca e l'ha riaperta subito per tirar fuori un verso indistinto, non è proprio un grido, pare più che altro un belato disperato.

Rosso si divincola, riprende lo zaino. Senza dire una parola, se ne va sbattendo la porta.

Gli altri si guardano, sconfortati e delusi. Come spettatori dopo aver assistito a un film di pessima qualità.

30

Rosso va dritto verso la sua auto parcheggiata poco distante, nel vialetto della casa di Andrea, super curato, ben pulito dalla neve. A un certo punto si blocca. Si ferma, si guarda intorno. Con aria di sfida, torna indietro, ma si ferma sotto il portico e tira fuori una sigaretta. Si era ripromesso di piantarla con quel vizio, ne ha già fin troppi, e quello del fumo gli è parso il più facile da interrompere.

Previsione sbagliata, a quanto pare. Sono giorni ormai che vuole accendersi una sigaretta, giorni che gioca con il pacchetto, lo apre e lo richiude, ne tira fuori una e la lascia ricadere. Adesso se l'avvicina alle labbra. La accende.

Il fumo che gli entra in bocca lo disgusta e gli strappa un sospiro soddisfatto allo stesso tempo.

Fabio si è accorto che non se n'è andato sbirciando dalla finestrella del salone. Esce a parlare con lui.

Dentro, invece, la vita ha ripreso a scorrere. Se un ospite improvviso piombasse adesso alla porta di casa e vedesse quella scena si convincerebbe di essere arrivato a una normalissima cena, tutti fanno qualcosa, chi porta un piatto, chi passa una forchetta, chi prova qualcuno degli spuntini che Andrea ha preparato. Sara Jean si avventa sulle verdure grigliate e Fede si riempie il piattino di qualche formaggio tipico, mettendoci accanto un paio di stuzzichini vegan.

«Rosso, scusa, posso?» dice Fabio chiedendogli il permesso di avvicinarsi. Dopo quello che è successo, meglio essere prudenti. Rosso annuisce sbuffando una nuvola di fumo.

«Senti, lo so che detto da me forse potrà sembrarti banale, visto che sono il miglior amico di Andrea e che, come avrai capito, per lui ho una stima che va oltre qualsiasi cosa però… però una cosa voglio dirtela lo stesso, perché forse tu non lo conosci quanto lo conosco io. Posso dirti che tutto quello che sta facendo, ecco, tutto quello che ha detto… nasce solo dal suo desiderio di scoprire la verità. Nessun tipo di vendetta o cattiveria, te lo posso garantire.»

Rosso si attacca alla sigaretta e tira così forte che la fa fuori a metà. Fissa Fabio, non sembra scalfito. Anzi, un sorriso sarcastico si affaccia sul suo viso.

Fabio non lo sa giudicare, e allora prova a continuare: «Io lo capisco, lo capisco benissimo. Sai qual era il suo motto fin da ragazzi?»

Rosso fa no con la testa.

«“Dove c’è un limite c’è anche un oltre”. Ecco, Andrea è sempre stato guidato da questo impulso ad andare oltre il limite. Probabilmente è stata anche la sua debolezza, perché adesso il senso di colpa lo sta corrodendo da dentro. Secondo lui è figlio proprio di questa voglia di spingersi al di là dei confini. Ha portato anche altre persone con sé, le ha spinte dove non dovevano arrivare, dove non potevano arrivare. E una ragazza ci ha rimesso la vita.»

Fabio guarda Rosso, che invece non lo degna di uno sguardo, troppo preso dalla sua prima sigaretta dopo mesi.

«Capisco anche la tua posizione, eh... ma se si sta comportando così, insomma... mettiti un attimo nei suoi panni.»

Rosso fuma come se ogni boccata fosse l’ultima. Fissa pensieroso il vuoto e lascia che il vapore scuro riempia lo spazio tra di loro.

«E questo dovrebbe giustificarlo? Anche se mi ha sputato in faccia accuse gravissime? Mi dispiace, Fabio, ma non è così che funziona.»

Rosso scuote la testa teso, nervoso. Getta la sigaretta a terra e la schiaccia con un piede, poi le dà un calcio facendola finire in mezzo a un cumulo di neve poco distante dal portico. Apre la porta. Fabio lo guarda esterrefatto.

Appena entra, le voci nella sala si spengono all’improvviso, come se qualcuno avesse preso un telecomando e avesse schiacciato il tasto Muto. Andrea continua a sistemare piatti e bicchieri nervosamente.

«Scusate, visto che siamo in vena di sincerità devo confessarvi una cosa.» Rosso spalanca le braccia, come a rivolgersi a tutti, senza distinzioni.

«Mentre fumavo la mia bella sigaretta, anche se avevo promesso di non toccarne mai più una, mi sono messo a pensare. E sono arrivato alla conclusione che forse è questo sentirmi costantemente sotto accusa che mi fa esplodere e che mi spinge a essere ancora più stronzo di quanto non sia normalmente.»

«Ah, quindi adesso la colpa è nostra se sei uno stronzo?» chiede Fede con una punta di gelida ironia.

«Assolutamente no, ve l'ho detto, sono stronzo già di mio ma non mi comporto in questo modo, e vi chiedo scusa» dice abbassando la testa con una specie di inchino. «E dovrebbe farlo anche qualcun altro...» aggiunge.

«Scusa Rosso, sì, forse abbiamo un po' esagerato è vero, hai ragione.»

Andrea interrompe il suo nervoso lavorio, lo guarda dritto negli occhi solo per quell'attimo che impiega a pronunciare la frase.

«E comunque sia, voglio che sappiate una cosa. Forse io sarò antipatico, o forse troppo schietto e sincero, al punto da dare fastidio. Ma ho il sospetto che stiate cercando in tutti i modi di screditarmi, di farmi recitare la parte del criminale, solo per il mio carattere. È la cosa più superficiale e bigotta che potete fare. E questo mi fa innervosire. Mi fa innervosire di brutto.»

Sara Jean si sta centellinando un goccio di vino nel bicchiere, contenendo la voglia. Le parole di Rosso l'hanno colpita nel profondo, perché è la prima volta che lo sente così sincero. Arriva quasi a credergli, forse davvero è solo una vittima di una specie di complotto. Poggia il bicchiere sul tavolo e dice a tutti che deve andare un attimo in bagno.

Andrea annuisce. Una sola volta, un movimento del capo rigido, secco.

«Rosso, non è come pensi. Poi sei liberissimo di credere quello che vuoi, ma sappi che io sto cercando di muovermi nel solco della verità e lo sto facendo senza sotterfugi e senza nessuna macchinazione. Forse abbiamo esagerato a credere più al tuo personaggio che a te, hai ragione.»

Rosso non dice nulla. E poi, come in un déjà vu, fa ripartire la stessa scena di poco prima: prende lo zaino, apre la porta e se ne va senza salutare.

Non tornerà, questa volta.

Sara Jean è ancora in bagno, ha faticato qualche minuto a tirare fuori la sua borraccia. È rimasta impantanata un po' in un diverbio con sé stessa. Alla fine non ha resistito e ne ha bevuta la metà. Si è sciacquata i denti con il collutorio di Andrea ed è tornata di là in silenzio, arrabbiata, delusa.

31

Neve sottile, il podcast
22 febbraio 2023, quarta puntata

Benvenuti alla quarta puntata del podcast di Lilla True Crime sul caso di Valentina Sut. Come molti di voi ben sanno, stiamo seguendo la vicenda in diretta, non ci stiamo occupando di fatti passati. Per la prima volta nella storia di questo podcast – e forse nella storia del podcast italiano di true crime – siamo nel vivo di un caso, procediamo al suo stesso ritmo, passo dopo passo. E proprio per questo di volta in volta le nostre supposizioni e i nostri sospetti vengono confermati o smentiti dagli elementi che via via emergono. Questo permette anche a voi di provare a costruire la vostra ipotesi investigativa, che vi prego di condividere sempre nei commenti.

Insomma, sono puntate diverse dal solito, e

quella di oggi sarà persino *più* diversa, perché mi ritroverò a condividere una scoperta eccezionale fatta proprio da questo podcast. Diventerà elemento di indagine: tutto il materiale che mi appresto a citare è stato già consegnato all'autorità competente.

Quello che abbiamo scoperto è un fattore inquietante, che dà alla vicenda contorni molto diversi. Forse lo avevamo intuito, forse c'erano delle ipotesi, ma adesso abbiamo elementi per parlare concretamente di ipotesi di omicidio. E attenzione, si tratterebbe di un omicidio premeditato e ben congegnato, studiato nei minimi dettagli da una persona dotata di grandissime competenze sia in campo tecnologico che in campo criminale.

Quello che è venuto fuori è che Valentina Sut aveva uno stalker, una persona seriamente disturbata. Certo, può sembrare un'inevitabilità quasi fisiologica, per quanto terribile, considerando che stiamo parlando di persone con grande visibilità mediatica, e dunque tormentate da schiere di hater. Aggiungendo poi che era una donna, bella, intelligente e di successo, sembra purtroppo quasi ancor più normale. È orribile, ma è così. Questi sono i tempi terribili che viviamo.

Quello che *non* è normale, però, è scoprire che qualcuno la seguiva facendo ricorso a vari strumenti tecnologici, a partire da webcam di ogni tipo per finire con intercettazioni delle comunicazioni. Lo stalker – o la stalker, non possiamo escludere nulla – conservava centinaia, migliaia di foto della vita di tutti i giorni di Valentina Sut. Era al corrente di ogni suo spostamento, quasi in tempo reale.

Ma andiamo con ordine.

Esisteva addirittura un sito internet dedicato a Valentina Sut, creato proprio dal suo stalker. Uno stalker misterioso che si cela dietro a mille identità diverse, dietro a mille nickname, codici numerici e quant'altro ancora. Il sito internet in questione – non vi affannate a cercarlo, ormai è offline – è stato individuato grazie a una mia fonte.

Lo stalker, chiunque sia, in questo campo è molto bravo. Dovevamo essere ancor più bravi, ed entrare nel sito senza destare sospetti.

Il sito internet in questione che siamo riusciti a visionare conteneva farneticazioni di ogni tipo. Oltre alle già citate fotografie di Valentina, deliri su un amore non corrisposto, odio crescente verso tutto quello che la circondava, verso il suo mondo, e anche verso le persone che frequentava.

Ma attenzione: qui non stiamo parlando di quello che solitamente viene fatto passare come un amore malato. Ci tengo a essere molto chiara su questo punto. Troppo spesso i media propongono una lettura erronea, superficiale. Immorale. Come se si spingessero quasi a giustificare le peggiori nefandezze commesse ai danni delle donne.

Qui però parliamo di un'altra cosa. Il caso che abbiamo tra le mani è differente. Siamo davanti a una vera e propria ossessione di una persona disturbata, sembrerebbe. È una pessima abitudine quella di sparare diagnosi mediche senza averne titolo e senza neppure conoscere il soggetto, e me ne scuso con voi, non voglio assolutamente fare ipotesi prima della conclusione delle indagini. Comunque, lo stalker pensava che Valentina fosse il centro del suo mondo, magari che solo lui potesse proteggerla, e che allo stesso tempo tutti quelli che si avvicinavano a lei fossero da eliminare. Pericolose minacce da neutralizzare.

Vi riporto alcuni estratti dei messaggi che abbiamo trovato sul sito, materiale che è già in possesso delle autorità competenti.

«Non posso lasciarti andare. Tu sei mia. Lo sei sempre stata, e loro non possono portarti via da me. Hanno provato a farlo, i tuoi amici, quei falsi sorrisi e quelle false promesse. Mi odiano perché sanno che tu mi appartieni. Ma non potranno nasconderti per sempre. Prima o poi, verrò a prenderti per proteggerti come non ho mai fatto.»

«Loro vogliono eliminarmi, così io eliminerò loro.»

«Solo quando sarò in possesso della tua vita sarai salva.»

«Guardate la stronza che fa aperitivo con i suoi compari senza pensare a me, guardate come si atteggiano ad amici, ma sono tutti falsi, guardateli. Saranno annientati presto.»

In alcuni passaggi li chiamava anche *i corrotti, gli assassini,* riferendosi in particolare a quelli che avrebbero preso parte alla spedizione in montagna in cui ha perso la vita.

E qui, dobbiamo dirlo, arriva il nostro unico dubbio.

Perché uno stalker che ha sviluppato un simile livello di ossessione e desiderio di vendetta chiamava «assassini» gli altri? Aveva già intuito che qualcuno della spedizione poteva avere una motivazione per commettere un gesto atroce? Oppure aveva in mente di dare la colpa a qualcun altro?

Come sempre nel nostro podcast, cerchiamo di mettere in campo tutte le ipotesi, e quindi dobbiamo anche tenere vivo il dubbio che qualcuno potesse essere a conoscenza dell'esistenza dello stalker. Magari il nostro uomo, o la nostra donna, ha iniziato a sfruttare tutta questa situazione, sapendo che, prima o poi, saremmo arrivati all'anello debole, alla persona che aveva seri motivi per uccidere Valentina, seppur scaturiti da una patologia psichiatrica.

Dalle indagini sono emerse centinaia di email che lo stalker indirizzava non soltanto a

Valentina, ma a tutte le persone che le stavano vicino, incluse quelle che avrebbero preso parte alla spedizione. Il ritmo di queste comunicazioni si è intensificato con impressionante rapidità nei giorni precedenti alla partenza.

Non vi riportiamo il contenuto di tali email: ormai avrete capito il tono, del tutto privo di qualsiasi connessione con la realtà. Ma anche noi che le abbiamo lette tutte ci chiediamo se questo possa bastare a spingere una persona ad agire concretamente. A uccidere.

Una statistica recentemente stilata da un sito di investigazioni degli States ci dice che solo una piccolissima percentuale degli stalker, prossima allo zero, tramuta le minacce in azioni.

Qui siamo in presenza di azioni concrete e minacce, e di una ragazza che non ha mai fatto ritorno a casa.

Alla prossima puntata per altre sconvolgenti rivelazioni.

Un saluto dalla vostra Lilla True Crime. La verità si avvicina.

32

«Non è che non voglio parlarti, ti ho detto soltanto che ti chiamo dopo, e se ti dico che ti chiamo dopo, ti chiamo dopo, ok? No, assolutamente no… devi… Ma certo, certo, che penso a te, tantissimo, è ovvio, sono stata malissimo in questi giorni di lite e ti prego… stiamo andando in caserma perché dobbiamo cercare di risolvere questa questione, ne va della ricerca della verità, dobbiamo capire se c'è un assassino a piede libero, ti prego, possiamo riparlarne più tardi?»

Andrea è poco distante da Sara Jean, sono a circa duecento metri dalla caserma. Sbuffa e le fa segno di tagliare, è da più di quindici minuti che sta incollata al telefono con la sua ragazza.

«Appena ho finito giuro che ti chiamo, lo sai… non devo dirtelo... Ti amo.»

Tenendosi la borsa stretta al petto, raggiunge Andrea. Si avviano quasi di corsa, un passo dettato più dalla tensione che dall'urgenza.

Suonano al citofono della caserma, dall'altra parte la voce di un giovane appuntato chiede il motivo della visita.

«Sono qui per comunicare nuove informazioni riguardo al caso di Valentina Sut.» Un attimo di silenzio che sembra prolungarsi per un'eternità precede il click del grande cancello di metallo. L'appuntato e la brigadiera all'entrata salutano Andrea con nonchalance, fanno segno di andare pure verso l'ufficio di Tancredi.

«Andrea, vieni, accomodati, che succede? Mi hai beccato giusto in tempo, stavo per andare ad accompagnare Marinella a danza.»

I due entrano nell'ufficio di Tancredi, una stanza spartana con una scrivania ingombra di fascicoli uno sull'altro, un paio di sedie di plastica e sulle pareti gli immancabili calendari dei Carabinieri e della Guardia di finanza. Si siedono e Sara Jean si schiarisce la voce, prende un respiro profondo.

«Abbiamo nuove informazioni riguardo a Valentina Sut. Una nostra amica giornalista podcaster, diciamo grazie a delle... a delle ricerche giornalistiche ha scoperto che sì, c'era uno stalker che perseguitava Valentina e che l'ha minacciata fino a qualche giorno prima di venire qui. In maniera molto pesante.»

Andrea la interrompe, lei riprende fiato. «Parliamo di un atto di stalkeraggio che comprende anche pedinamenti, registrazione degli spostamenti e creazione di un sito internet a lei dedicato pieno di minacce e deliri» aggiunge Andrea tutto d'un fiato. Sara Jean annuisce, mentre Tancredi ogni tanto lo osserva preoccupato.

«Ragazzi, ma vi rendete conto di quello che dite? Vi siete messi a fare gli investigatori privati? Capisco che sia difficile accettare una tragedia così devastante. È una reazione comune, quella di cercare una spiegazione recondita a un fatto che ci sconvolge nel profondo. Spesso risulta quasi impossibile scendere a patti con l'idea che un nostro caro se ne sia andato per un banale incidente. Ma ragazzi, in questo caso non c'è motivo per...»

Andrea ha il battito del cuore troppo accelerato per lasciare al maresciallo il tempo di finire il discorso. «Noi non vogliamo mettere il becco in questioni che non ci competono, assolutamente no, volevamo cercare di dare il nostro contributo alle indagini. È per questo che abbiamo chiesto alla nostra amica... ma era soltanto per cercare...»

«Siete coscienti che vi state intromettendo in un'indagine di polizia? Capisco il giusto fine, ma la legge è chiara, non basta a giustificare i mezzi. Mi sono spiegato bene?»

Andrea è in evidente imbarazzo. Cerca di bofonchiare qualcosa, ma non riesce a dire nulla di sensato.

«Vabbè, solo perché ti conosco da una vita – letteralmente – farò finta di non aver sentito. Ma Andrea, non posso procedere a un'indagine nel senso che mi suggerisci se non ho delle prove concrete e certificate, chiaro? Noi stiamo andando a fondo della questione, stai tranquillo, non lasceremo nulla al caso. Abbiamo già chiesto le autorizzazioni per entrare nel cellulare della vittima e nei suoi profili social, bisogna aspettare i tempi tecnici ma ti garantisco che esamineremo qualsiasi elemento sospetto con cura. Intanto, la vostra amica deve presentarsi qui con tutto quello che ha in mano. Viene da me e ne parliamo, dalle pure il mio numero personale senza problemi. Andrea, non me la far convocare, secondo me è meglio evitare. E poi vediamo se ci sono elementi che possiamo utilizzare a nostro favore.»

«Certo, sicuramente. Ti porterà tutto, ma vedi, il problema non è questo. Il problema è che sappiamo per certo che uno dei partecipanti alla nostra spedizione è stato chiamato a testimoniare in un processo contro uno stalker proprio da Valentina. L'ipotesi è che lo stesso stalker che tormentava lei tormentasse anche uno dei componenti della spedizione. Sto parlando di Rosso. Aspetta, lasciami procedere con ordine. Durante le deposizioni sono venute fuori delle cose, elementi molto scomodi che hanno danneggiato la sua immagine in modo grave. E forse Valentina aveva anche altri segreti su di lui.» Andrea procede con i piedi di piombo, si rende conto lui per primo che la sua esposizione dei fatti è confusa, ma sta cercando di non mancare di rispetto al maresciallo e allo stesso tempo di avanzare un'ipotesi forte.

«E quindi che cos'è che mi stai dicendo di

preciso? Che questo Rosso sarebbe colpevole... di cosa? Fammi capire bene.»

«Partiamo dal presupposto che stiamo parlando di un soggetto ossessionato dalla propria immagine, uno che cura nei minimi dettagli qualsiasi cosa che lo riguardi a livello social e non. Rosso ha sabotato per sua stessa ammissione decine di profili di persone che avevano soltanto osato criticarlo pubblicamente. E abbiamo scoperto che c'è stata più di una denuncia, perché conservava un archivio di tutti i suoi hater, minacciandoli poi di rendere pubblici alcuni dati sensibili se avessero continuato a commentare i suoi post.»

Tancredi appoggia i gomiti sulla scrivania, socchiude gli occhi concentrandosi.

«Quando è stato chiamato in causa nel processo di Valentina, Rosso ha subito una gravissima crisi di popolarità. È stato un grave danno alla sua immagine.»

Sara Jean lo interrompe facendo un gesto con la mano. «Questo perché non è stato chiaro il motivo del suo coinvolgimento e quindi, ecco, molte persone hanno pensato che lo avessero beccato, che fosse proprio lui lo stalker. Molti dei suoi hater hanno fatto leva su questa cosa... è stato un colpo durissimo.»

Tancredi li ascolta con un sopracciglio alzato. È evidente che sono riusciti a catturare la sua attenzione.

«Ci è stato malissimo, tanto che ha accettato l'invito a partecipare all'ultimo momento perché non voleva... perché non voleva confrontarsi con Valentina, non aveva voglia, c'era tantissimo risentimento che trapelava dalle sue parole.»

Tancredi tira fuori la sua sigaretta elettronica e fa un tiro, sputando poi il fumo alla sua destra. Li osserva senza dire una parola mentre pensa a tutte quelle informazioni. Si alza, guarda fuori dalla finestra e poi si gira di scatto verso i due.

«Mi sembrano delle motivazioni deboli. Ma stai dicendo – anche senza dirlo, e questo è prudente da parte tua, anzi ti consiglio caldamente di valutare bene le tue parole, perché rischi di incorrere in un reato grave – che Rosso avrebbe ucciso Valentina, architettando un piano molto complesso... no, non ci sono i presupposti.»

I due sospirano, si guardano delusi, poi Andrea fissa Tancredi. «E se ti dicessi che Valentina era una delle pochissime persone a sapere che Rosso ha avuto una relazione omosessuale con un altro dei partecipanti alla spedizione? Una cosa che per Rosso è una macchia da nascondere. Metà dei suoi follower lo segue solo perché due anni fa ha avuto una relazione molto chiacchierata con una velina, è stato un tira e molla infinito, che gli ha permesso di ritagliarsi un'immagine di conquistatore dichiaratamente e totalmente etero. Uno che si sente in dovere di interpretare la parte dell'uomo duro e virile, un macho con tratti quasi omofobi.»

Tancredi lo guarda sempre più pensieroso ma annuisce.

«Non so. Mi sembra che vi stiate lasciando trasportare dalle emozioni. Ma terrò in considerazione quello che mi avete detto.»

Fa un altro tiro profondo che inonda la stanza di profumo di ciliegia, poi un altro ancora, come se stesse già elaborando un piano d'azione.

«Bene. Ma attenzione, vi avverto: le cose potrebbero diventare molto più complicate per voi. Devo avere tutto il materiale che siete riusciti a reperire, ok?»

Con un gelido distacco – sembra un'altra persona rispetto a quella che li ha accolti nella stanza – Tancredi indica la porta ai due, ringraziandoli con un cenno del capo.

Sara Jean e Andrea camminano in silenzio senza dirsi una parola.

Hanno fatto bene? Si sono messi in pericolo? Hanno messo in pericolo qualcun altro? Continuano a camminare a braccetto, in preda a dubbi atroci.

Se davvero Rosso è simile allo psicopatico che stanno delineando, se sul serio ha una doppia personalità, è come una bomba pronta a esplodere. Capace di tutto.

Si fermano e si guardano.

«Credo che non ci sia bisogno di ripetere che tutto questo deve rimanere tra di noi.»

Sara Jean annuisce, fa un colpo di tosse, coprendosi la bocca con la manica.

Si gira e riprende a camminare, in silenzio.

33

Andrea

E adesso? Quanto sarà difficile far finta di nulla. Dio mio. Sento i dubbi mordermi i polpacci, forse avrei dovuto aspettare a parlare di Rosso?

Lilla. Chissà se mi risponde, dopo l'ultima volta credo che al massimo mi concederà di parlare del caso. A parte questo, non vorrà sapere nulla di me.

> Ehi, ciao, come va? Sono appena uscito dalla caserma e ti anticipo subito che non ho potuto evitare di fare il tuo nome, a breve verrai contattata dal maresciallo Tancredi. Vorrà vedere tutto quello che hai trovato e… non so se ho sbagliato, ma per essere credibile dovevo per forza agire in questo modo, tanto prima o poi la cosa sarebbe venuta fuori. No?

Invio.

Non ti preoccupare, Andrea, sarei andata io di mia spontanea volontà dal maresciallo Tancredi a portare tutto il materiale. Non potevo certo tenermelo per me. Ma ricordati sempre che io sono una giornalista e posso tenere coperte le mie fonti facendo passare tutto per la testata per cui scrivo online... quindi stai tranquillo. Anche se fosse soltanto un piccolo spunto per aiutare le indagini, va già bene così, quindi porterò subito ogni cosa... e non ti preoccupare, assolutamente.

Il tono è severo, ma più sulla difensiva, mi sembra.

Però quella voce io la riconosco, è il classico tono di Andrea-che-si-sente-schiacciato-da-qualcosa-di-più-grande-di-lui. O sbaglio?

Oddio, menomale, le è passata l'arrabbiatura. Non ce la faccio a stare in conflitto con lei.

Bene, questa frase mi rassicura, ma non mi rassicura invece il fatto che tu mi abbia già beccato. Sì, dai, in effetti sono un po' in crisi, Lilla. Questa discussione che abbiamo avuto con il maresciallo Tancredi ha fatto salire a galla tantissime cose a cui non avevo pensato, e la più grande di tutte, te lo devo dire, mi sta tagliando in due da quando sono uscito da quel cancello: e se fosse stato davvero un incidente, Lilla? Se davvero ci stessimo facendo prendere dalla foga di dover per forza dare una spiegazione a tutto, anche a una cosa molto semplice come un tragico e maledetto incidente di montagna? Forse è solo che non accettiamo il fatto che sia stato questo a portare alla morte una persona splendida come Valentina.

Mi porto una mano sul viso, ho sentito una goccia bagnarmi le guance. E un'altra. Alzo gli occhi al cielo, ma no, non sta piovendo.

E solo adesso mi rendo conto di quanto sono sconvolto: non mi ero nemmeno accorto che non sono gocce, sono lacrime.

Sto piangendo, piango per Valentina, piango per una parte della mia vita che se n'è andata insieme a lei, piango per tutto il dolore che si rovescerà addosso a così tanta gente, piango per me.

Invio il messaggio, lo ascolta subito, ma non risponde. Sta aspettando troppo. O forse adesso mi scaraventerà sullo schermo qualcosa che mi toccherà fin dentro l'anima, come succede spesso. Ecco, mi sto chiedendo anche se aprirmi così tanto con Lilla – dopo quella notte tra di noi e poi i suoi dubbi sul mio conto – non sia stato un gravissimo errore.

Ma non posso farne a meno. Cioè, non sono mica innamorato di lei… ma no…

Non credo.

Mi attira sessualmente?

Sì, certo.

Cavolo, questo miscuglio di emozioni e sensazioni contraddittorie non porterà a niente di buono.

Guarda che le cose che sono venute fuori sono concrete, reali, non sono ipotesi. Esiste uno stalker, esiste qualcuno che probabilmente è uscito dalla rete per compiere delle azioni reali, e ne abbiamo le prove concrete. Potrebbe essere stato solo un incidente, sì, certo. Ma per avere giustizia la polizia deve battere tutte le piste, e questa è una di quelle da esaminare con grandissima attenzione, da approfondire. Quindi tutto quello che abbiamo fatto è pienamente giustificato, secondo me. Almeno da un punto di vista morale.

Eh, sembra facile mettersi l'anima in pace. Io invece sono dilaniato. I sensi di colpa mi travolgono da due direzioni diverse: sono stato la causa della morte di Valentina? Ho accusato ingiustamente Rosso?

Credo di avere lo stesso problema che ho avuto con Sara Jean, nel senso che... all'inizio l'avevo giudicata davvero nel modo più sbagliato del mondo, e adesso invece sto scoprendo che sì, non è quella che sembra, sta passando un momento davvero delicato della sua vita ed è molto fragile, ma nonostante questo si sta dimostrando una persona vera, schietta e leale. Una che non si tira indietro. E se mi fossi fatto delle idee sbagliate su tutto il resto? Dovute magari alla foga di dover trovare una spiegazione, giustificare quello che mi stava succedendo? Sto commettendo lo stesso errore di valutazione?

Invio e attendo, mangiandomi le pellicine delle dita.

Tutti procediamo per tentativi, andiamo per impressioni, poi approfondiamo. Forse il tuo problema è che vorresti cambiare il passato, trovando una giustificazione per quello che è successo, ma il passato non si può cambiare, lo sai benissimo. Inizia a pensare che tutto quello che stiamo facendo... lo stiamo facendo per un altro motivo, non per cambiare il passato, ok?

Rileggo il messaggio. Un'altra volta. E poi una volta ancora. A questo punto devo tirare fuori davvero tutto.

Oppure... oppure lo sto facendo perché, se venisse fuori che davvero si è trattato di un incidente, il mio senso di colpa per averla portata fin lassù potrebbe tornare ad attanagliarmi, a ossessionarmi. Voglio dare la colpa a qualcun altro, trovare un responsabile a tutti i costi pur di non dire che la responsabilità, anche solo per via indiretta, ricade sulle mie spalle. È mia, e solo mia.

Mi siedo su questa panchina, sento le gambe tremanti e allo stesso tempo rigide, le tempie mi pulsano.

Anche se venisse fuori che è stato davvero un incidente, ripeto, rimarrebbe comunque tutto il resto. Qualcuno dovrà pur prendersi la briga di andare a indagare su uno psicopatico violento che ha seguito Valentina in ogni suo passo, minacciandola di continuo.

Leggo il messaggio e annuisco poco convinto. Il calderone dei dubbi non si è ancora svuotato del tutto: si è alleggerito grazie a Lilla, ma è ancora pesante, inquietante.

Allontano per un momento il cellulare e chiudo gli occhi, cerco di mettere a fuoco per l'ennesima volta la scena. La nebbia che arriva, il bianco intenso che entra nelle pupille.

Posso sentire ancora una volta la sua risata, le chiacchiere quasi spensierate che eravamo riusciti a farci poco prima di tutto il caos. Quella risata… La sento così nitida, così bella, così piena che adesso ho di nuovo gli occhi pieni di lacrime e il cuore ricolmo di paura e angoscia.

Ok, forse hai ragione.

Non mi sembri molto convinto, ma va bene, ci può stare. Mi dispiace se ho dubitato anche di te, ma sai che devo vagliare tutte le ipotesi.

Senza emoticon, senza niente.

Tranquilla, sei perdonata.

Mi alzo dalla panchina e mi avvio verso casa.

34

L'ufficio del maresciallo Tancredi ormai sta diventando familiare per Andrea. E pensare che c'era entrato giusto un paio di volte, prima, anche se si frequentano da una vita. Adesso invece scopre di conoscere quel posto centimetro per centimetro, di aver imparato a memoria ogni angolo, persino i dettagli più insignificanti. Come quella piccola foto di Tancredi da giovane – è quasi irriconoscibile – tutto orgoglioso, in posa accanto alla testa di un cervo. Oggi l'ufficio sembra avere una luce diversa, perché è stato convocato come persona informata sui fatti, e infatti ad accompagnarlo c'è l'avvocato.

Nella sala d'attesa invece c'è Rosso, anche lui con tanto di legale al seguito. Per il pomeriggio sono previsti gli interrogatori di Sara Jean, Fede, Fabio e infine Gianni. Questa mattina c'è già stato quello di Lilla, che avrà raccontato tutto quello che ha scoperto.

«Avvocato Proietti, prima di iniziare l'interrogatorio del suo assistito devo comunicare allo stesso che abbiamo deciso di approfondire, come da suo suggerimento, il materiale che ci è stato consegnato da… qual era il nominativo? Be', la ragazza del podcast per intenderci, e le devo dire anche che il nucleo investigativo era già a lavoro su questo possibile filone di indagini. Glielo comunico perché il suo assistito potrebbe essere ascoltato nuovamente al riguardo.»

Andrea annuisce soddisfatto, sorride ma non riesce a mostrarsi rilassato quanto vorrebbe. Gli sembra tutto così formale, e il linguaggio del maresciallo Tancredi è professionale, distaccato. Anche se dietro la facciata si percepisce tutta la tensione che congela la stanza. L'avvocato è stato molto chiaro, ha messo in guardia Andrea con estremo rigore: non deve dire più di quello che ha già detto, neanche una parola.

«Maresciallo Tancredi, ho ben presente la funzione di questo interrogatorio, quindi cercherò di intervenire il meno possibile, anche perché ho già presentato la mia versione dei fatti. Immagino che vogliate soltanto accertare e approfondire determinati aspetti.»

«Questo lo deciderei io, se permettete» risponde Tancredi, stizzito ma sorridente. «Comunque sì, sarà più o meno così.»

Il maresciallo inizia a leggere le deposizioni

fatte da Andrea, ripercorre tutta la sua versione. Dopo qualche minuto si interrompe e fa finalmente una domanda.

«Mi confermi tutta la tua versione, sì?»

Andrea annuisce. «Confermo.»

«Perché hai organizzato questa spedizione, e soprattutto quali erano i tuoi rapporti con Valentina Sut?»

«Era a scopo promozionale, per creare un evento diverso da quelli che facciamo di solito noi influencer, e sì, insomma, anche per cercare di ribaltare un po' gli stereotipi che macchiano la nostra categoria. Dicono tutti che ci muoviamo solo per soldi, che ci mascheriamo dietro nobili battaglie ma in realtà puntiamo solo ai soldi degli sponsor, e invece con questa missione volevamo davvero lanciare un messaggio, realizzare qualcosa di importante… Ma mi rendo conto che sto divagando. Scusate, la tensione… Per quanto riguarda i rapporti con Valentina, posso dire solo che erano cordiali, siamo stati insieme per anni e la spedizione era anche un modo per rivederci dopo tanto tempo. Già il fatto che avesse accettato per me è stato significativo, l'ho preso come un segnale di distensione.»

«Quindi se andassimo a controllare a ritroso i tracciati telefonici e la messaggistica con la vittima, non troveremmo contenuti diversi dal semplice scambio di informazioni?»

«Certo, lo confermo.»

«Sospetti che non si sia trattato di un incidente? E hai dubbi su qualcuno in particolare? Te la senti di fare dei nomi?»

Andrea è stato istruito a dovere dal suo avvocato e quindi non tira esplicitamente in ballo Rosso, per non rischiare una denuncia per diffamazione. Risponde che ha sospetti su qualcuno, sì, ma preferisce non fare nomi. Riferisce anche che questi sospetti gli sono arrivati dall'indagine della ragazza del podcast, come la chiama il maresciallo.

Dopo altre due o tre domande di rito, Tancredi fa accomodare interrogato e legale, alzandosi di scatto e accompagnandoli alla porta.

La procedura viene ripetuta in modo pedissequo per tutti, stessa introduzione, stesse identiche domande.

Le risposte… quelle no, quelle cambiano.

Gianni non ha molto da dire, viene sentito più per formalità che per altro. E del resto, se Tancredi volesse parlare davvero del caso con lui, non lo farebbe di certo in una stanza asettica, ma davanti a un fuoco acceso e qualcosa di forte da bere.

Il maresciallo siede composto, con le mani intrecciate sopra il panno verde della scrivania. Il suo volto, solcato da rughe profonde, esprime una concentrazione che Gianni non gli ha mai visto prima. Gli occhi di Tancredi sono di un marrone scuro e intenso, e sono affaticati dalla giornata, ma il copione deve ripetersi anche per l'amico fraterno.

«No, avevo un ottimo rapporto con Valentina, da sempre, anche dopo e no, non ho sospetti su nessuno. L'ipotesi che sia stato un incidente, credimi... mi creda... non so se qui dentro ti devo dare del tu o del lei... be', comunque, l'ipotesi può anche restare.»

Tancredi annuisce e annota tutto.

«Ho il sospetto che qualcuno possa aver attentato alla sua vita, e questo perché, grazie alle mie conoscenze – sa, per lavoro – riesco con grande facilità ad avere accesso a molte informazioni sensibili. In modo del tutto legale, sia chiaro.»

Rosso precisa che con Valentina aveva rapporti non idilliaci, ma sereni.

Tancredi non approfondisce, ma spera che lo farà il nucleo investigativo.

L'interrogatorio va ben presto a morire dopo una serie di botta e risposta non troppo significativi. All'uscita, Rosso si isola dagli altri, per avere una scusa per stare da solo a riflettere va a prendersi un caffè alla macchinetta. Viene fuori una brodaglia nera che sa di bruciato e somiglia al caffè giusto per il colore, nient'altro. Uno dei peggiori modi immaginabili per buttare 50 centesimi.

Ma almeno ha tempo per lasciare liberi i pensieri. *Forse il maresciallo Tancredi è qualche passo più avanti di noi, e questi interrogatori servono soltanto a far cadere in errore qualcuno?* È questo il sospetto di Rosso, grande appassionato di true crime. *Può essere una strategia per renderci più sicuri a livello psicologico? Stando in gruppo ci si sente più forti, e si può cadere in errore. O è solamente per aumentare il livello della tensione?*

«No, non ho sospetti su nessuno e, a questo punto, credo proprio che si sia trattato davvero di un incidente, nonostante abbia sentito parlare di alcune prove e di varie accuse reciproche che alcuni partecipanti alla spedizione si sono lanciati a vicenda. La mia posizione rimane immutata» afferma Fede con sicurezza, al fianco del suo avvocato.

Sara Jean invece deve per forza rispondere che sì, ha un sospetto ma preferisce non fare il nome, proprio come Andrea.

«Non avevo un buon rapporto con Valentina, la odiavo se devo essere sincera, ma non al punto da augurarle la morte, ovvio. La odiavo per quello che rappresentava, ma in effetti non la conoscevo, non sapevo nel profondo chi era quella ragazza. La sto conoscendo più adesso che non c'è più, e le sto anche volendo bene… A pensarci ora, i nostri dissidi erano davvero delle stupidaggini, in confronto al valore della vita.»

Sara Jean racconta di nuovo la sua litigata della sera prima – appunto, per delle stupidaggini. Il suo avvocato mette dei fogli nella valigetta. L'interrogatorio è finito.

Fabio e il suo legale ascoltano la rilettura, poi le domande.

«No, non avevo nessun rapporto con Valentina prima della spedizione, sì, la conoscevo per via di Andrea, ma basta, nient'altro. E poi io vivo qui in montagna, non ho nemmeno questo Instagram di cui parlano tanto, ecco.»

Tancredi lo fa accomodare fuori.

All'uscita, nella sala d'attesa, ci sono tutti. L'atmosfera è surreale. Ritrovarsi di nuovo in gruppo – Gianni, Andrea, Rosso, Fabio, Fede e Sara Jean – come quando partivano per la montagna, quando c'era ancora Valentina con loro… Di solito in questi casi si dice: sembra passata una vita. Nel loro caso, è letteralmente un'altra vita.

Questi faccia a faccia servono anche per studiare i sospettati, per capire i loro atteggiamenti e i loro modi di pensare.

Tancredi dice all'appuntato che ha trascritto tutto di accomodarsi all'uscita. Vuole rimanere solo. È combattuto. Le prove che ha in mano difficilmente potrebbero reggere in tribunale.

In tutta questa faccenda la pista dell'omicidio l'ha sempre lasciato a dir poco scettico. Però non può negare di avere giusto qualche vaga ombra di sospetto riguardo a un paio di persone. Sta solo cercando di individuare le loro crepe, un varco da cui potrebbe fuoriuscire una parola di troppo.

35

Fede

Li avevo visti solo nei film, gli interrogatori. Di certo non me li aspettavo così. La tensione che mi hanno lasciato addosso, poi… mai provata in vita mia una cosa del genere.

Mi guardo le mani, sono raggrinzite di brutto, forse ho esagerato con l'idromassaggio, ma non ho altri modi per far andare via questa sensazione. Nella testa mi scorrono in loop tutti i momenti passati con gli altri. Sguardi sfuggenti, ansia a palate – me l'hanno trasmessa per osmosi, credo. La cosa che più mi ha dato fastidio è stato quel continuo dialogo sussurrato all'orecchio tra Andrea e Sara Jean.

Insopportabili, quei due, quando stanno insieme.

Sicuramente sono stati loro a spifferare a Tancredi che il giorno prima avevo provato a fare la salita, si sono messi a fare gli Sherlock Holmes. A volte ho l'impressione che si stiano quasi divertendo. E tutto questo sulla morte di Valentina.

Davvero intollerabili.

Del resto, chi avrebbe potuto saperlo? Ero tranquillo, e invece quei due si sono riscoperti segugi da romanzo giallo, e mi hanno messo nei casini. È stato il momento più duro.

«L'ho fatto per paura, maresciallo. Nessuno sa che soffro di vertigini, non volevo dirlo, nessuno avrebbe dovuto saperlo, e anzi ho accettato questa sfida proprio per affrontare i miei timori, ma... ero troppo in agitazione, sa, trovarsi su qualche dirupo in mezzo agli altri, bloccato, senza avere il coraggio di andare avanti e di tornare indietro. Così ho pagato Fabio per farmi da guida, sì, per segnalarmi i punti più insidiosi. Siamo andati a vederli per capire se la cosa era fattibile. Altrimenti avrei messo su una scusa per non partecipare.»

Mi ripeto di nuovo nella mente la mia versione, devo capire se può suonare bene o al contrario se mi scaverà ancora di più la fossa, destando altri sospetti. Fortuna che il GPS non mente, ogni mio passo è stato tracciato: e dimostra il punto esatto che ho raggiunto prima di fare dietrofront, cioè molto prima del luogo dell'incidente. Altrimenti sì che sarei stato nei guai.

Certo, in ogni caso sarebbe mancato il movente. Anche se si fossero messi a ficcare il naso nel mio passato, al massimo avrebbero trovato che Vale mi aveva visto uscire mezzo nudo dalla stanza di Rosso quella notte, e aveva capito – e poi forse pure raccontato a qualcuno – che avevamo scopato. Ma questo potrebbe essere un movente più per Rosso, che con quella facciata da maschio alfa a cui tiene tanto probabilmente se ne andrebbe a vivere in Islanda nel cuore di un ghiacciaio, se si venisse a sapere una cosa del genere.

Però confido in Fabio. Lui potrà sicuramente confermare quello che dico, e anzi spero che lo abbia già fatto durante il suo interrogatorio. Non gli ho detto nulla quando l'ho visto in sala d'attesa, non volevo passare per quello che si mette a tramare complotti. Spero solo che abbia detto la verità. Con tutto quello che l'ho pagato, poi! Tremila euro per una gita, in pratica. È quello che io prendo per un post su Instagram, dopo essermi costruito una reputazione online, un seguito fedele... e lui se l'è guadagnato semplicemente camminando! Un altro po' e si faceva pagare a passo! Alla fine non abbiamo nemmeno fatto tutto il percorso, mi ha accompagnato nei punti più caldi e stop. Insomma, gli ho pagato la sua escursione quotidiana, anche se col prezzo che mi ha estorto almeno mi sono fatto promettere la massima riservatezza, e vorrei anche vedere.

In realtà, quel tipo mi piace proprio. E mi è

piaciuto fin dalla prima volta che l'ho visto. Abbiamo scambiato un paio di chiacchiere più volte, e mi ha sempre trasmesso una sensazione di positività, nonostante la tragedia che ha colpito la sua famiglia, la madre morta dopo il padre, roba dura da superare. Però ha quella simpatia unica che ti trascina. Non si vede subito, è come un fiore nascosto sotto la neve. Però quando riesci a scoprirla ti conquista. Ogni volta che ci parlo mi sembra davvero di conoscerlo da tutta la vita, riesce a mettermi a mio agio, a trasmettermi quella serenità, quel calore che con poche persone sono riuscito ad avere. E quanti pensierini ci ho fatto sopra. Anche oggi, quando l'ho incrociato in caserma. Madonna, si è presentato vestito di tutto punto, non con i suoi soliti jeans e quelle camicione pesantissime che indossa di solito. Chissà, magari avrà pensato che si va conciati così agli interrogatori. Ecco, questa sua ingenuità, questa schiettezza che traspare da ogni gesto, sono le cose che mi hanno colpito di più.

Non che mi facciano impazzire le persone troppo chiuse – e su questo punto Fabio ha un problema vero, cioè, siamo ai limiti della sindrome – però in qualche modo mi attraggono. Anche mentre salivamo in montagna, solo io e lui, ho provato a chiedergli qualcosa di più del suo privato, ma è veramente, veramente impenetrabile. Non sogno di avere una storia con lui, figuriamoci, e nemmeno un'avventuretta.

So bene che è una cosa impossibile. Per quanto sia simpatico e sensibile, ho intuito che con la sua mentalità difficilmente potrebbe andare a letto con un uomo. Ho provato anche a buttare lì qualche battuta leggermente ambigua, ma ho solo creato un gelo totale. Certo, anche Rosso in fondo sembrava avere delle opinioni poco lusinghiere rispetto ai rapporti omosessuali...

E se invece Fabio avesse mantenuto il segreto anche con il maresciallo? Nel caso, Tancredi penserebbe che ho mentito. O che quantomeno la mia posizione è sospetta.

Oddio, cazzo.

Non è che mi mette nei guai?

Mi alzo, vado verso la finestra, poi alla porta. Mi sento in gabbia. Cavolo. Non posso fare niente.

E invece *devo* fare qualcosa, dannazione. Non la reggo questa tensione, non prenderò mai sonno.

Solo una. Sì, dai, me ne prendo solo una.

Non ce la faccio più, non resisto. Non devo farlo, non devo farlo, non devo farlo... e alla fine vado a prendere quel pacchetto ben sigillato. Me lo giro tra le mani più e più volte, provo a essere forte, a dirmi che posso tenere duro... Solo che non posso. Strappo giusto un pezzettino, quello dell'involucro superficiale. Non devo... non devo farlo. Ma quel demone dentro di me comanda le mie mani, che iniziano a scartare il pacchetto.

Queste Roxi aspettano proprio me, sono mie amiche, vogliono farmi stare bene. E poi una, una sola, che sarà mai? E ora ne ho davvero bisogno. Mio padre non toccava le sigarette che si portava dietro per non ricominciare, io invece so che non ricomincerò. Ma del resto, che ne sapeva mio padre di questi problemi? Non si è mai trovato di fronte a un maresciallo che lo interroga su un possibile delitto. Non ha mai nemmeno avuto dubbi sulla sua sessualità. Facile per lui non soffrire.

Ho troppi pensieri. La stanza mi sembra troppo buia, la tensione troppo forte, mi sta spaccando in due. Mi lascio cadere sul letto ma il pensiero di quel pacchetto proprio qui vicino a me è troppo forte. Mi rialzo con le mani tremanti, lo afferro e lo apro. Tiro fuori due pasticche blu, ma no, ci manca solo che adesso inizio pure a esagerare, ne rimetto dentro una.

La sbriciolo in una polvere fine sul tavolinetto di vetro, accanto alle chiavi e al cellulare. Le mie dita si muovono da sole, quasi come se non fossi io a comandarle. Tiro fuori un pezzo da venti, lo arrotolo e tiro tutto in un solo colpo. Ne avevo bisogno. Prima che parta l'effetto, l'unica cosa che sento è il senso di colpa.

E poi arriva lei. Roxi. Sento che inizia a tirarmi fuori dall'abisso di ansia e preoccupazione. I muscoli si rilassano, la mente si placa. Tutto il peso che mi opprimeva poco fa adesso sembra svanire. Lo so che tornerà, e tornerà ancora più forte. Sto facendo una cazzata. Lo so.

Dopo starò peggio di prima, ma oggi non sono riuscito a placare il demone. Mi butto sul letto, tutto il corpo è sempre più leggero. Chiudo gli occhi.

36

Sara Jean, Andrea e Fabio sono su una panchina di legno e ferro. Ai lati, fioriere adesso vuote, ma coloratissime e vibranti in estate. In questa stagione rispecchiano appieno tutto il grigiore cupo dell'attimo che stanno vivendo.

Dall'altra parte della piazza c'è Rosso al telefono, da più di venti minuti ormai. Urla di criptovalute e di vendite di sconosciute società per azioni dal nome inglese. Una signora sulla sessantina si è già affacciata due o tre volte alla finestra che dà sulla piazzetta per cercare di capire chi è che fa tutto quel casino. Gli altri osservano la scena quasi con sdegno.

«Ragazzi, è ufficiale, Tancredi e il nucleo investigativo hanno messo gli occhi sullo stalker, verrà fuori qualcosa, sicuro.»

Sara Jean e Fabio annuiscono. Andrea sembra turbato.

«Però sapete che mi è anche venuto qualche

dubbio? Sì, insomma, a forza di cercare qualcosa, mi è passato per la mente… e se magari questo stalker non c'entra nulla? Sì, è vero, esiste ed è reale. Ha fatto delle cose concrete, ok, ma non so, mi sembra tutto così difficile da far quadrare.»

«Quindi stai pensando di tornare all'ipotesi dell'incidente? Di rimettere in discussione tutte le cose strane che sono successe? Dai cellulari fuori gioco fino a una lastra di ghiaccio tagliata di netto?»

Andrea si alza in piedi e gira su sé stesso, si batte le mani sulla coscia più volte come per riflettere meglio. Fissa le mattonelle della piazza per qualche secondo.

«No, non sto dicendo questo, però, ecco… quello che voglio dire è che forse non dovremmo essere così sicuri di noi stessi, forse dovremmo cercare, ecco, come diceva Lilla, di tenere la mente aperta e vagliare tutte le ipotesi.»

«Scusami se mi permetto, eh» interviene Fabio. «Al massimo potevamo non crederci proprio all'inizio, ma con tutte le cose che sono venute fuori mi sembra davvero difficile tornare all'ipotesi che si sia trattato di un incidente. Anche perché vorrebbe dire mettere in discussione la nostra professionalità di guide alpine, di persone che conoscono la montagna a menadito, che la vivono come una sorella.»

Il tono di Fabio è di sdegno, si batte un pugno sul ginocchio con rabbia, tanto da far sobbalzare

Sara Jean. Andrea invece è abituato alle sue fiammate, violente e rapide come temporali estivi.

«Anche perché se venisse fuori una cosa del genere, a quel poveraccio laggiù gliene avremmo fatte passare davvero di tutti i colori, e senza un motivo valido, eh. Non so se ve lo ricordate.» Fabio indica con il mento Rosso, che continua a sbracciare e a sbraitare incurante di tutto e di tutti.

«Non voglio sembrare troppo filosofica, però mi risuona sempre questa frase di Oscar Wilde: "Il vero mistero del mondo è il visibile, non l'invisibile". Pensateci un attimo: noi abbiamo tutti gli elementi visibili davanti, ma non siamo in grado di afferrarli davvero» dice Sara Jean mentre scarta una barretta proteica che è da poco diventata la sua ancora di salvezza nei momenti in cui vorrebbe attaccarsi alla borraccia. È solo un placebo, certo, ma sta cercando di resistere, o almeno di diminuire le bevute.

«Tutti noi eravamo seguiti da questo stalker, abbiamo notato cose strane che abbiamo collegato soltanto adesso. Eppure ce l'avevamo davanti. Il visibile. E invece quello che ci faceva più paura era l'invisibile. Abbiamo sbagliato mistero.»

Si girano di colpo, richiamati da una discussione sempre più intensa, nel giro di due o tre secondi diventa una sfida a colpi di urla, e una delle voci è proprio quella di Rosso.

La scena che si trovano davanti: un uomo che tenta di strappare con violenza il telefono a Rosso, mentre lui indietreggia gridando frasi incomprensibili. Qualcuno ha finito la pazienza, questo è chiaro. Da quando è arrivato in città, con i suoi eccessi e il suo modo di fare fuori dalle righe, si è messo al centro dell'attenzione. Molte persone lo hanno notato. Forse, lo tengono d'occhio.

Andrea e gli altri si avvicinano, cercano di capire se possono aiutarlo. Anche se in realtà non ne hanno né voglia, né vere motivazioni.

«Fabrizio, Fabrizio, scusalo, è così, sai, stiamo passando un po' un momentaccio per quello che è successo.»

Andrea conosce l'altro uomo, del resto si conoscono un po' tutti in città. Fabrizio Bottino è una persona molto attiva nella promozione della cultura e degli spettacoli di Madonna di Campiglio. Non proprio il prototipo del maschio alfa aggressivo, anzi, l'esatto contrario.

Fabrizio si gira e per un attimo sembra quasi voler mandare a quel paese anche Andrea, poi torna in sé.

«Ascoltami, tutto ha un limite, è un'ora che è al telefono, urla come un pazzo, almeno altre tre persone gli hanno detto di allontanarsi perché dà fastidio: non vogliamo ascoltare i fatti suoi e non ci fa entrare le persone in negozio. Sono tutti spaventati da questo maleducato.»

«Questo è un luogo pubblico e io sto qui quanto mi pare. È un mio diritto, sia chiaro, conosco benissimo le leggi e so cosa posso fare e cosa non posso fare, ci siamo capiti? E io sto qui al telefono fino a che mi va. Se sento ripetere un'altra volta le offese che mi ha rivolto il qui presente signore può scattare anche una denuncia. Ci sono pure i testimoni, mi sembra, no?»

Fabrizio si avventa su di lui e di scatto gli afferra il cellulare.

«Bene, adesso se lo rivuoi prometti che te ne vai lì dietro l'angolo, dove c'è quella fontana, la vedi? Vai lì e urli quanto ti pare che non ti sente nessuno, vai, vai.»

Rosso sgrana gli occhi, le sue tempie pulsano a vista d'occhio, si avventa su Fabrizio tentando di riprendersi il telefono, ma il suo inaspettato avversario è alto e massiccio.

«Per favore, Fabrizio, cerca di comprendere la situazione, non ha fatto niente di male, in fondo» dice Fabio avvicinandosi ai due, tentando di separarli.

«Quello che il signore ha compiuto in questo preciso momento invece si chiama furto, e se non mi restituisce immediatamente il telefono va incontro a una denuncia. La avverto che io quando vado per vie legali non mi fermo al primo passo, anzi, procedo fino alle estreme conseguenze. Fino alla rovina. Mi restituisca immediatamente il cellulare» gli urla contro con una veemenza e una rabbia che nemmeno i suoi amici avevano mai visto. Rimangono tutti e tre pietrificati.

Fabrizio glielo schiaffa in mano, anche se si vede che è impaurito. Fa un passo indietro.

«Non farti vedere più qui, capito? Pazzo sciroccato.»

Rosso non fa una piega. Si mette il telefono in tasca, si passa una mano tra i capelli per sistemarli, guarda i tre e non dice una parola.

Nemmeno loro gli parlano. Si guardano increduli. Ma adesso è come se la frase di Sara Jean avesse acquisito un nuovo significato.

Il vero mistero del mondo è il visibile.

37

Sara Jean

Me la metto proprio come sfondo, perché ogni volta che la leggo mi arriva una fitta allo stomaco. Ma non fa male, eh, è una cosa positiva. Una cosa che mi fa pensare.

Il peso della maschera che indossiamo è a volte più opprimente di quello che cela.

Non so chi l'ha detta, mi sono imbattuta in questa frase mentre navigavo in rete, ma mi ha aperto gli occhi.

Poggio il telefono sul comodino, mi siedo sul bordo del letto e guardo, come inebetita, la luce che filtra attraverso la tenda. Anche lei soffocata, come mi sento io in questo momento. Ogni cosa che c'è qui dentro mi sembra priva di significato, distante, quasi di un'altra dimensione. Non riesco a trovare una connessione con quello che mi circonda. Ormai sono due giorni che non tocco più nulla, sto malissimo. Questo buco spalancato che mi sento dentro, quest'ansia crescente non è dovuta soltanto al casino che sta succedendo: è un segnale che mi sta rendendo consapevole che sì, la mia non era soltanto voglia di stemperare la tensione, era una vera e propria dipendenza. E quello che sento adesso è il sintomo dell'astinenza.

Mi alzo, cammino un po' per la stanza cercando di trovare pace, ma tutto mi schiaccia come se l'aria fosse diventata difficile da respirare.

Però mi sento anche forte, perché la Sara Jean che ficcava tutta sé stessa in quella maledetta boccetta, giustificandosi sempre con qualche scusa inventata all'ultimo istante… non c'è più. Avrei potuto farlo anche adesso, avrei potuto discolpare qualche sorso, alla fine la situazione è davvero complicata, così ansiogena, così inquinata dalla tensione. Potevo tranquillamente cedere dicendomi che era uno dei momenti più brutti della mia vita, ma invece no. Me ne sto a distanza, e questo mi rende forte. Perché sono io che sto affrontando la situazione. Non l'alcol.

Afferro il telefono e compongo il suo numero, sono stufa di messaggini e vocali.

«Ciao amore, ti disturbo? Dovrei parlarti un momento e… hai tempo?»

La mia voce è insicura, tremante, non riesco proprio a nascondere questa altalena di emozioni che mi pervadono.

«Sì… ma che è successo? Non mi sono offesa

per quella cosa della pagina di Tinder, già te l'ho detto.»

«Sono due giorni che non bevo.»

«Ah, ottimo, ti fa bene stare pulita da quella robaccia.»

«Certo, può sembrare una cosa normale, ma ecco... non è affatto una cosa normale. Perché con te ho sempre mascherato tutto, ho cercato di far passare il dolore sotto traccia, come se bevessi ogni tanto in momenti di convivialità. Ho bevuto di nascosto, ho fatto cose davvero poco edificanti e la cosa ha influito sul nostro rapporto perché vedi, i miei scatti d'ira, il mio nervosismo, il mio voler essere sempre così alla ricerca della tua attenzione, anche i miei sbalzi d'umore – soprattutto i miei sbalzi d'umore – erano dovuti a questo.»

«A questo...?»

«Io ho un problema con l'alcol, l'ho sempre saputo ma solo ora ne sono davvero consapevole.»

«Jenny, ma che dici?»

«Non me ne rendevo conto, ho sempre pensato che l'alcol fosse un aiuto, un qualcosa in più, ma in realtà era un vortice che mi stava rovinando e mi risucchiava in un abisso dal quale non sarei più tornata indietro. Paradossalmente è stata proprio la morte di Valentina ad aprirmi gli occhi. E anche grazie ai miei amici... sì... alcuni, diciamo, me lo hanno fatto notare con molto tatto, altri invece in maniera diretta, mettendomi con le spalle al muro. E di fronte ai miei problemi ho dovuto reagire.»

«Ma com'è possibile...? Io... io ti sarò sempre vicina, amore mio.»

«Vorrei averti qui adesso, invece sono da sola, in questa stanza con un vuoto enorme dentro che può essere riempito soltanto iniziando a dirti scusa, amore...»

Il silenzio mi spaventa, sento solo un sospiro, poi un altro.

«Jenny, io non avevo capito niente, allora. Non avevo capito niente di te e di quello che avevi dentro. Sembravano solo atteggiamenti di una persona molto complessa, un po' da artista bohémienne, non pensavo che... sì, non pensavo che fosse un vero e proprio problema, cavolo, mi dispiace, non avevo sospetti. Mi dispiace, sono davvero una pessima compagna.»

«Assolutamente no, sono io che ho finto così bene, ti ho ingannato pur di poter continuare a bere. Ma adesso cambierà tutto. Cambierò io. Appena torno a casa prendo un appuntamento con un terapista, so già a chi rivolgermi.»

Mi asciugo le lacrime, cercando di ritrovare un minimo di calma.

«Senti, oggi siamo stati sottoposti a un interrogatorio tutti quanti, perché sai, forse non è stato un incidente quello di Valentina. Mi rendo conto di non averti aggiornata perché stavo lottando contro me stessa, contro ciò che ho intorno adesso...»

«Interrogata? E perché, tu cosa c'entri?»

«Qualcuno la intimidiva, e parlo di roba pesante. Uno stalker era ossessionato da lei. E forse per la sua ossessione voleva ucciderla, e ci è riuscito.»

«Questa cosa è gravissima, ma tu che c'entri?»

«No, niente, è solo che noi eravamo lì, e siamo persone informate sui fatti. Se di omicidio si è trattato, ognuno di noi potrebbe averla spinta giù da quel dirupo. Ma stanno cercando di capire chi sia lo stalker. Potrebbe essere la svolta. Io e Andrea stiamo cercando informazioni e le abbiamo riportate a chi di dovere. Al momento, da quello che abbiamo in mano, tutto punta verso uno di noi, verso Rosso.»

«Quel pallone gonfiato? Oddio, non mi sembra proprio un tipo da stalkerare e uccidere una ragazza, ma è vero che da un personaggio come lui mi aspetterei un po' di tutto.»

«Be', vedi, abbiamo diversi sospetti, probabilmente ci hanno incasinato in qualche modo i cellulari, e soltanto uno come lui poteva fare una cosa del genere. E oltretutto aveva dei motivi per vendicarsi di alcune cose. Quello stronzo... magari voleva solo spaventarla, e poi ha finito per ammazzarla, chissà.»

Mi alzo in piedi e inizio a vestirmi, cavolo, mi sono completamente dimenticata!

«Tesoro, scusa, ma ora devo andare. Andrea mi ha prestato alcune attrezzature da neve che gli devo riportare entro stasera, domani deve fare un'escursione, mi pare con Fabio.»

«Ma chi, il montanaro?»

«Sì, sì, non ho capito bene perché, ma devono andare su.»

«Ci sentiamo dopo? Mi manchi troppo...»

«Certo piccolina, smack, a dopo.»

Afferro il borsone e mentre m'infilo il giubbotto inciampo in un asciugamano e finisco a terra.

Che diavolo è quella roba?

Allungo il braccio verso la rete del letto, è tipo un piccolo bozzo. Lo strappo a fatica. Era camuffato con la struttura in ferro della rete a doghe. Sembra una specie di piccolo sensore di movimento. Qualcosa per captare segnali.

Non ho nemmeno il tempo per farmi prendere dall'ansia. Me lo metto in tasca e scappo via.

38

Andrea è passato a prendere Fabio. In anticipo, come al solito.

«Sali un attimo che mica sono pronto, sempre prima arrivi, che modi...» fa Fabio dal citofono di casa sua. Andrea sorride mentre arriva al portone, poi si ferma a guardare la finestra della camera. C'è qualcosa di strano. Entra, facendo finta di nulla. Era da tanto tempo che non saliva.

«Guarda, prendo delle cose su in soffitta e arrivo.»

Andrea ha un tarlo da alcuni giorni. Senza pensarci due volte, fa un rapido giro della casa, puntando dritto alla cameretta. Scatta qualche foto, e quando sente i passi dalla scala di legno della soffitta torna subito nel salone.

«Dai, andiamo.»

Andrea annuisce.

Si avviano.

Non facevano una salita insieme da almeno un anno, decisamente troppo. Questa mattina il sole è ancora basso e inizia a filtrare tra i rami degli alberi. Hanno deciso per il percorso dei fiori, per poi arrivare fino al rifugio Stoppani e tornare indietro.

Il passo che tengono è sostenuto, sembra quasi che abbiano fretta di arrivare, ma in realtà è Fabio che tira Andrea.

«Batti la fiacca, eh?» gli chiede sorridendo.

«Mica stiamo cercando di battere un record» replica Andrea, sfiancato, con il fiatone.

«Certo che sarebbe stato bello se tu e Valentina foste tornati insieme, eh?»

Andrea alza lo sguardo verso il suo amico, che continua ad andare su.

«Certo che sì, ma non mi sembra una cosa molto carina da dire.»

«Sai, io ho tanto tempo a disposizione. Tanto tempo per pensare. E ho riflettuto su voi due. Eravate una bella coppia, si vedeva che ti rendeva felice, e lo sai che a me stava simpatica, pensavo che fosse una brava persona. Ma eravate proprio voi due come coppia che secondo me non funzionavate. Né nel presente, né in ottica futura. Voglio dire, forse non era destino. Ti saresti dovuto trasferire a Milano, e a te non piace, chissà se avresti retto alla vita mondana che faceva lei, eh? Sempre in giro per feste di beneficenza, aperitivi. Non ti ci vedo mica.»

«Ma tu che ne sai?» gli dice Andrea, infastidito, con la fronte corrucciata. Non le ha proprio capite, quelle parole. Pronunciate in tono rilassato, eppure strano, sbagliato.

I passi dei due sono quasi sincronizzati adesso, ma si sente una tensione crescente, palpabile. È evidente da come si muove Andrea: rigido, come se fosse pronto a scattare da un momento all'altro.

«Tutti quei bei negozi dove andava, quello delle scarpe lì, Maison Fevre, super costose, no?»

Andrea afferra il bastoncino di Fabio e lo blocca.

«Fabio, ma sei fuori? E come cazzo fai a sapere tutte queste cose?»

Fabio è spaventato dalla reazione, ritrae la mano di scatto ma Andrea non lo molla.

«Dai, ogni tanto ci vado anch'io su internet eh, la seguivo per curiosità, come tanti, non ti fare strane idee.»

Andrea molla il bastoncino, ma il suo sguardo è cattivo, pensieroso. Riprendono la marcia e per almeno venti minuti salgono come se fossero su due montagne diverse, lontanissimi, uniti solo dal fischio del vento che si fa più forte, ululando tra le gole rocciose. Andrea si ferma all'improvviso, guarda giù verso un dirupo. «Aspetta un attimo, Fabio, voglio vedere una cosa.» I suoi occhi sono fissi sul vuoto, ma la sua mente è focalizzata su ciò che sta per fare.

Fabio si ferma e si avvicina. Andrea si è sporto in avanti, si rigira verso Fabio e non appena è a pochi passi da lui gli va incontro e lo afferra per il giubbotto. Lo fa cadere a terra con la faccia che sporge dal dirupo. Il suo amico, la persona che conosce da tutta la vita, cerca di aggrapparsi a qualsiasi cosa, non sa come reagire, il sangue gli è andato al cervello in tutti i sensi, l'istinto di sopravvivenza ha la meglio su tutto il resto, gli incendia i muscoli, gli impedisce di pensare. Non ha capito cosa sta succedendo.

«Oh, ma che ti salta in mente? Non si scherza in questi punti. Lasciami!»

«Non provarci con me, Fabio, ormai l'ho capito. L'ho capito che fai lo stupido, ma non lo sei.»

«Guarda che se è per le battute su Valentina...» Fabio cerca di divincolarsi in ogni modo, ma la presa di Andrea è rabbiosa, lo blocca a terra.

«Era un tarlo che avevo in testa da qualche giorno, non l'ho voluto dire a nessuno, e ogni volta che mi veniva in mente, zac, lo cancellavo. Figuriamoci se il mio più vecchio amico è uno stalker, mi dicevo.»

«A te questa storia ti sta dando alla testa, vedi complotti dappertutto, ti prego, daiii!» urla e si dimena sempre di più. Alla fine riesce a scansarlo con una bracciata, Andrea cade a terra.

Fabio scatta in piedi e inizia a correre verso i suoi bastoncini. Andrea si rialza e gli corre dietro, con un balzo lo afferra per le gambe.

Da quel momento, è un corpo a corpo. Iniziano a rotolarsi in mezzo alla neve e al terriccio. Si fermano per un attimo, Andrea lo guarda fisso e gli sferra un pugno in pieno volto. Una manciata di gocce di sangue macchiano la neve alla sua destra, poi ne arriva un altro, Fabio è intontito.

«L'hai ammazzata tu, brutto stronzo, l'hai ammazzata tu, psicopatico di merda!» Andrea gli urla tutto in faccia, ma Fabio è mezzo svenuto.

«Sei stato bravo, bravissimo devo dire, ma hai commesso un errore. Non avresti dovuto farmi entrare in casa. Era l'unica variabile che non potevi prevedere. Non mi aspettavo che uno come te avesse sottomano tutto quel dispiegamento di materiale tecnologico. Ma è stata solo la conferma di un sospetto che non volevo nemmeno avere. Mi è bastato aprire un cassetto, il primo cassetto! Quello della scrivania, il primo dove chiunque guarderebbe. Va bene che ti fidi di me, ma se uno ha un'ossessione criminale per una ragazza forse farebbe meglio a non tenere tutte quelle foto di lei così a portata di mano, ti pare? Confessa, dai, tira fuori le palle, da vero uomo di montagna!»

Fabio scuote la testa. Apre la bocca, pronto a spiegare.

Poi, una luce nel suo sguardo. Forse è solo l'inclinazione con cui cadono i raggi del sole, o magari il riflesso sulla neve.

O forse è la sua espressione che brilla di qualcosa di intenso. Di selvaggio.

Una luce molto simile a quella della follia.

Alla fine decide di non dire niente. Sorride.

Sì, sorride e basta. Aspetta che sia il suo più vecchio amico ad abbassare la testa per primo.

Ha di nuovo la situazione in pugno, Fabio. Come è sempre stato, fin dal primo istante.

Andrea digrigna i denti, ha capito che quello sguardo è la conferma che stava aspettando.

Non riesce a trovare il coraggio di parlare.

E allora è Fabio a colmare il silenzio. «Ma che dici... basta, ti prego, stai delirando...» dice con un sussurro.

«Non ti è bastato essere diventato un bravo smanettone, dovevi diventare il migliore se non volevi farti scoprire.»

Fabio gli sferra un pugno all'improvviso, Andrea finisce a terra. E allora lui si alza e inizia a prenderlo a calci al costato, una, due, tre, quattro, cinque volte, sempre più forte.

«Sei il male, il male! Tu sai quello che provavo io per lei, eh? Lo sai? No, che non lo sai, perché non hai mai provato niente per lei, non l'hai mai difesa, mai!»

Fabio gli tira un calcio sulla guancia destra, Andrea non riesce a reagire.

«Maledetto» farfuglia alla fine con la bocca piena di sangue.

«Lei era tutto per me, tutto! Uno come me... ce lo vedi a studiare tutte quelle robe? E solo per starle sempre vicino! Per proteggerla da te, sì, soprattutto da te. Perché tu volevi fare tutta questa pagliacciata solo per portartela a letto, vero?»

Fabio inizia a piangere, nasconde il volto tra le mani.

«E poi ci sei pure riuscito» gli dice ringhiando. Va verso di lui, con una grossa pietra in mano.

Andrea fa in tempo a rotolare di lato per evitarla, afferra un sasso anche lui e si volta.

Ha ancora voglia di combattere. Anzi, ogni cellula del suo corpo gli urla di affrontare il nemico, di fargliela pagare. Di distruggerlo. Gli si lancia contro, di nuovo.

Solo che Andrea si porta dietro le notti insonni, lo sfinimento emotivo, il dolore delle ferite. Una stanchezza che gli si insinua nei muscoli, gli ottenebra i pensieri. Il sasso che stringeva nel pugno cade quasi subito, rotola via.

Si accorge che ogni volta che alza il braccio, ogni volta che cerca di sferrare un pugno, i suoi movimenti sono più lenti, prevedibili.

Mentre Fabio è fresco. Pieno di energia. Sorride. Sta vincendo, e se ne rende conto.

Quando finta un destro per alzare in realtà la gamba sinistra, tirando un calcio preciso al ginocchio di Andrea, scuote la testa divertito.

In realtà, è fin troppo facile.

Il suo vecchio amico è a terra. E questa volta non si rialzerà.

Gli tira un altro calcio, dritto al petto. Quanto basta per togliergli il fiato nei polmoni. Perfetto. Così non potrà più parlare. E finalmente dovrà *ascoltare*.

«Non avrei voluto farlo qui. Avevo previsto

quella lastra... doveva essere quello il posto. Ma in realtà avevo un sacco di piani alternativi, sai? Oh, ho avuto molto tempo per pensare. E quindi c'era l'opzione a, l'opzione b, l'opzione c... Ne ho pensata qualcuna anche dopo che Valentina è morta, sai? Ti avrei potuto addormentare, infilare in una macchina e farti volare giù da un tornante... Un bel suicidio per il senso di colpa, ci sarebbe stato bene, no? Ma la verità è che la mia prima scelta è sempre stata questa. Un volo giù dalla montagna che ami tanto. Per fortuna, non è ancora troppo tardi.»

Un ultimo calcio, questo lo centra in faccia, gli fa esplodere il naso. Andrea è praticamente svenuto. Vede solo macchie di colore, i suoni sono ovattati. Per fortuna il dolore non l'ha ancora raggiunto, lo shock è troppo forte. Si sente trascinare sulla neve. Fino al ciglio del dirupo.

E poi Fabio è a terra, con il volto immerso nella neve. Immobile.

«Rosso, ma come sapevi che ero qui? Che hai fatto a Fabio?»

«Ti sto tenendo sotto controllo da un po'» dice Rosso con tono serio e fermo. «E avevo capito che eri arrivato alla verità.»

Rumore di passi sulla neve. Dalla salita ripida spunta Lilla, vestita totalmente di nero.

«Lilla, ma che sta succedendo?»

Andrea li guarda spaesato, afferra il suo bastoncino dalla neve.

«Allora il colpevole non era Fabio... o eravate tutti d'accordo?»

Lilla non riesce ancora a parlare, prende fiato, ma ogni respiro è un incendio nei polmoni.

«Che intenzioni avete? Volete uccidermi? La morte di Valentina non vi è bastata?»

Lilla e Rosso si guardano.

«Lui è il mio amico che sa fare le passeggiate... nei computer degli altri, ricordi? Non avrei scoperto niente senza Rosso, ma visto che non eravate molto in sintonia, non potevo dirtelo.»

«Quindi fatemi capire, voi eravate d'accordo, voi avete...»

Rosso gesticola, stizzito. «Ma ti prego, noi avevamo capito che era Fabio lo stalker, ci mancava solo la prova. Questa uscita in montagna è stata decisiva, e ho registrato tutto quello che ha detto. Ha addosso un paio di microfoni facilmente intercettabili, il furbo. Forse voleva registrare la tua morte. Perché sì, voleva ucciderti. E poi farlo passare per un altro incidente di montagna.»

Andrea si siede, non riesce a collegare tutto.

«Quindi voi due...» Lancia il bastoncino a lato.

«Noi due niente, eravamo solo in contatto per scoprire informazioni.»

«Ma perché non me ne avete parlato?»

«Eri troppo preso emotivamente, non potevo. Scusa, Andrea. Ho dovuto anche fingere di credere alla tua colpevolezza. Mi dispiace tanto, ma era necessario. Così potevamo avvicinarci al vero colpevole senza metterlo in allarme.»

«E non hai pensato che potesse essere lui lo stalker?» dice Andrea, alzandosi a fatica e puntando il dito verso Rosso.

«Certo, era un rischio da correre, diciamo che ho seguito l'istinto... Quel tipo là non mi è mai piaciuto.»

Fabio è ancora a terra, svenuto, respira lentamente.

«Adesso troviamo il modo di portarlo giù, io allerto Tancredi, gli dico di farci trovare qualcuno all'inizio della salita.»

Lilla si avvicina ad Andrea, lo prende sotto braccio.

«Ahia, fai piano» le urla dolorante, ma poi si lascia andare e le poggia la testa sulla spalla.

39

Andrea

Fabio. Ancora non ci credo, ma sto realizzando adesso che quest'uomo qui davanti a me non è la persona che conoscevo. Perché quello che conoscevo io è morto da tempo e non lo sapevo. Questo qui è solo uno che mi ha ingannato per tanti mesi, anni. E non ho idea di chi sia, di certo una persona malata e cattiva. Cammina davanti a me a passi incerti, non ha opposto resistenza perché ha capito che era finita.

Ha accettato senza dire una parola di farsi portare da Tancredi. Anche perché Rosso ha registrato tutto e le prove che abbiamo raccolto, ora che c'è un nome, diventano pesanti, troppo pesanti perché possa scollarsele di dosso. Inciampa un paio di volte, non so se sia per il dolore fisico o per il peso di quello che ha appena confessato, ma non mi importa più nulla.

Ogni parola che è uscita dalla sua bocca ha distrutto tutto ciò in cui credevo. Il mio migliore amico, la guida sicura. Quando pensavo alla montagna pensavo a lui, un riflesso automatico. Anzi, lui *era* la montagna per me. E adesso quella montagna mi è franata addosso.

Ha sempre avuto un debole per Valentina, questo me lo aveva fatto capire più volte, anche se cercava di non darlo a vedere per rispetto nei miei confronti. Pensavo che questo suo «rispetto» fosse un valore, invece chissà quali abissi mentali nascondeva.

Un'agonia che lo ha consumato dentro, fino al delirio.

E ha trascinato anche me nei suoi abissi, quasi fino al punto di non ritorno. Non mi ha chiesto di andare a fare una salita solo per passare un po' di tempo insieme, voleva eliminare l'insidia più grande, il pericolo che lo minacciava. E c'è mancato poco che andasse a finire nel modo opposto, perché nel momento in cui gli stavo addosso, con il cuore che martellava nel petto, mi è passato in mente di tutto – e avrei potuto prendere un sasso e vendicare il sorriso di Valentina che mi si parava davanti.

Lui era pronto a macchiarsi le mani di sangue per la seconda volta, chissà, si sarebbe inventato un altro incidente in montagna con il suo amico, magari mi avrebbe scaricato giù per un dirupo. Posso pensare di tutto ormai: non so di cosa sarebbe capace questo mostro silenzioso davanti a me.

E forse è stato solo un caso fortuito che non sia successo nulla prima del loro arrivo.

Sposto lo sguardo su Rosso che guida la discesa con sicurezza. Mi dovrò scusare con lui, certo. Eppure mi sembrava che ogni indizio potesse portare a lui, ho sbagliato a dare peso al suo comportamento arrogante, alle sue bugie, alla sua vita caotica ed eccessiva. Con tutto questo sfoggio di competenze tecnologiche, quasi fastidioso. Tra l'alterazione dei cellulari e le identità criptate, chi poteva essere stato se non lui?

Di certo non avrei potuto pensare al montanaro buono e sincero, quello che se ne va in giro con un telefono di dieci anni fa.

Non ho mai sospettato che dietro quei sorrisi rassicuranti, dietro l'aria di uno che sembra vivere in un mondo rarefatto e pulito, al di sopra delle nostre vite social, c'era un disturbato.

Consumato dall'ossessione. Fino a perdere il controllo.

La frase di Sara Jean, com'era? «Il vero mistero del mondo è il visibile, non l'invisibile.»

Già, quello che vedevamo di Fabio era la facciata, che adesso appare misteriosa, mentre il suo invisibile è chiarissimo, è la sua follia mascherata da razionalità.

Come ho potuto non vedere questo mistero davanti a me? Come ho potuto permettere che le cose arrivassero a questo punto? Cavolo, perché non l'ho capito?

Ogni passo che faccio sembra più pesante del precedente, come se il terreno stesso cercasse di risucchiarmi, di trattenere il peso di tutte le mie colpe.

Fabio fa un colpo di tosse, vedo la sua mano che si macchia di sangue, probabilmente durante la colluttazione gli sono saltati dei denti. La lunga amicizia e il percorso di vita fatto insieme mi spingono a provare quasi un senso di pietà, che però è mescolata a un disgusto che brucia dentro, vivo. E mi dà fastidio pensare che siamo legati a doppio filo in questa storia, che rimarrà per sempre impressa nella mia vita, come una macchia buia e dolorosa.

Posso sperare solo in Lilla, l'unica persona con cui ho un legame positivo. Certo, dovremo chiarire un po' di cose – quando sarà il momento, dovremo capire cosa c'è tra di noi.

È un punto fermo, sento che potrebbe essere un punto di partenza per poter ricostruire un legame. Ma potrò mai aprirmi davvero con lei? A parte mio padre, non credo più a nessuno ormai.

Ecco, se penso a Lilla mi viene in mente tutto il bello, sì, ma ho anche qualche domanda. Non è stata del tutto sincera con me, ha lavorato con Rosso senza dirmi nulla. E sì, capisco la sua motivazione, ma adesso non riesco proprio a mettere a tacere tutte le domande che arrivano a tormentarmi. E se nascondesse anche lei dei segreti?

Dentro, nel profondo, sento che potrebbe essere l'unica persona in grado di aiutarmi a saltare il fossato del dolore. Ma dovrò imparare a fidarmi. A non essere sospettoso verso tutto e tutti.

Anche Valentina non era stata sincera con me – tutta la storia dell'adozione è stata una bella tegola. Certo, aveva le sue motivazioni, non mi permetto neppure di metterlo in discussione. Eppure ormai la mia fiducia verso il mondo è una lastra sottile, e anche Valentina ha contribuito a incrinarla.

Indossiamo tutti delle maschere. Per fragilità, come Sara Jean, o magari per timori e timidezza, come Fede. Maschere quasi impalpabili, così sottili che sembra che non esistano. E invece ci sono.

La maschera di Fabio era spessa, pesante, cattiva. Continua a camminare dritto senza dire una parola, chissà cosa gli starà passando per la testa, quali saranno le sue emozioni. Forse non lo saprò mai.

Il silenzio amplifica tutto. Il bosco intorno a noi è immerso in una quiete tanto profonda che mi dà quasi fastidio.

Inizio a odiare questa sensazione. Sto avendo una forma di rigetto per la montagna.

Ogni sguardo sulla meraviglia che mi circonda mi riempie di dolore. Non verrò mai più qui.

Lo sento anche nelle mie ossa, nel mio cuore. Questa discesa mi sta portando sollievo, come se fuggire via fosse la soluzione per lenire l'agonia. Sulla montagna ho lasciato la donna più importante della mia vita e il mio miglior amico. Tutto è cambiato, e niente tornerà come prima.

E ogni volta che guarderò queste cime verrò colpito da una scarica di emozioni che mi faranno precipitare nell'abisso della depressione.

No, non potrò tornare più, il legame si è rotto.

Il sentiero si allarga, manca poco ormai.

«Passiamo di qua, a destra, facciamo prima» dice Fabio, le prime parole che pronuncia dopo la confessione. Sembrano quasi surreali.

Ci guardiamo tutti spaesati.

«Sì, è vero, giriamo di qua» confermo, in tono secco e freddo. Riprendiamo la marcia.

La valle si avvicina, il sentiero si allarga, e anche la distanza che ci divide. Non credo che perdonerò mai Fabio, e non so nemmeno se riuscirò a perdonare me stesso. Ma l'unica certezza che ho è che non sarò più la stessa persona.

Questa montagna non sarà più casa mia.

40

Neve sottile, il podcast
23 febbraio 2023, quinta puntata

Benvenuti alla nuova puntata del podcast dedicato al caso di Valentina Sut. Questo sarà l'ultimo episodio.

C'è un reo confesso, ci sono molti sospettati riabilitati, ci sono alcune certezze e ancora qualche piccolo punto oscuro.

Ci ripromettiamo di aggiornarvi sugli sviluppi del caso quando arriverà nelle aule di tribunale. Chi segue questo podcast sa bene che la giustizia alcune volte percorre strade tortuose e spesso arriva alla verità... ma non come ci si aspetta.

La nostra storia chiude il cerchio proprio dov'è iniziata la tragedia: lungo la strada per il monte Grostè. L'epilogo di questa vicenda si sta per consumare in un freddo mattino di febbraio.

Andrea, su proposta di Fabio, ha accettato di fare una salita delle loro, come sempre hanno fatto in passato nella loro lunga amicizia. Sono giorni molto delicati per i ragazzi che hanno preso parte alla tragica spedizione. Sono stati interrogati dal maresciallo Tancredi, uno a uno. Questo perché sono venuti fuori nuovi dettagli che hanno portato le indagini verso un'altra direzione, verso un possibile omicidio.

Qui il nostro racconto si interrompe, perché devo fare una precisazione.

Come vi avevo anticipato, il materiale che sono riuscita a reperire attraverso i miei canali è stato esaminato dal maresciallo Tancredi, che si è mostrato attento e disponibile. Dopo aver raccolto le informazioni ha proceduto agli interrogatori e poi, come da prassi, alla luce della gravità del crimine, ha passato tutto al Nucleo Investigativo di Trento, l'unità specializzata che di solito subentra o collabora nelle indagini su omicidi e altri reati complessi a Madonna di Campiglio.

Il Nucleo Investigativo si è messo subito al lavoro. Hanno voluto ascoltarmi di nuovo per reperire ulteriori informazioni.

Torniamo alla salita, che sembra sì, identica a quelle fatte mille volte. Ma solo in apparenza. Non è difficile immaginare che l'atmosfera fosse molto diversa da quella di un tempo.

Fabio fa qualche battuta fuori luogo ad Andrea, qualcosa su Valentina e la loro relazione. Andrea dichiarerà poi che se n'era già uscito con commenti del genere in passato. Aveva sempre pensato che Fabio avesse un debole per lei. Ovvio che questi dettagli non avrebbero mai potuto lasciar pensare a un epilogo tragico come quello che ha spezzato una giovane vita.

Non perdiamo il filo. Torniamo a Fabio, alle battute sul vero motivo per cui Andrea ha organizzato la spedizione. Riferimenti pesanti ai rapporti sessuali. Scherzi che potrebbero anche sembrare normali tra amici intimi, ma non se si parla di una ragazza appena morta. No, in questa storia di normale non c'è niente.

Ma chi è veramente Fabio Caola?

Originario di Dimaro Folgarida, vive a Madonna di Campiglio fin da bambino. Suo padre e il padre di Andrea erano grandi amici, anche loro appassionati di montagna. E così è venuto naturale che un legame si sviluppasse anche tra loro. Fino alla tarda adolescenza conducono una vita quasi simbiotica, poi, quando Andrea si trasferisce per l'università, Fabio inizia subito a lavorare come guida. Scolpisce anche piccoli oggetti di legno, che vende nei mercatini.

Le due vite simbiotiche prendono strade

opposte. Andrea va verso lo studio, la grande città, e poi il successo come influencer.

Fabio fa una vita tranquilla e routinaria, a contatto con la natura, ma con qualche piccola stranezza. Non ha mai avuto una ragazza, è schivo, non lo si vede nemmeno alle feste cittadine, alle riunioni familiari è sempre defilato, tanto, forse troppo. Un ragazzo che però quando è in vena diventa l'anima della serata, con la sua bonaria ironia e il suo sorriso contagioso. Ma il suo sorriso è lo specchio di qualcosa di buio che si annida dentro di lui. Sembra che sia stato seguito da un professionista per una forma di schizofrenia, ma di questo non abbiamo certezza. Di certo di sé non raccontava nulla, non faceva trapelare niente.

Vive da solo nella grande casa di famiglia da quando i suoi genitori sono entrambi deceduti. All'epoca era ancora adolescente.

Suo padre morì per un male incurabile, e qualche mese dopo, provata dal dolore della perdita, sua madre se ne andò per un arresto cardiaco. Questo elemento ha provocato qualche crepa nella già fragile psiche di Fabio?

Non ci è dato saperlo, purtroppo. Anche perché da allora la sua chiusura è stata totale. Con le uniche, parziali eccezioni di Andrea e di suo padre Gianni.

E poi è arrivata l'ossessione per il suo vecchio amico. Gli invidiava tutto ciò che aveva: successo, soldi, bellezza. Anche Valentina.

Soprattutto Valentina. Ma nessuno poteva sapere che una volta che tra loro due è finita, la voglia di conquistarla ha assunto per Fabio una forma strana. In superficie, un impulso a proteggerla. Più in profondità, un senso di possesso che pian piano lo ha portato a farsi consumare dalla gelosia per chiunque, e infine ad architettare il suo folle piano. La distanza tra Fabio e Valentina sembrava incolmabile, però, e non era solo caratteriale, sociale e mentale, ma anche fisica.

Fabio ha iniziato a dedicare sempre più tempo ai social. Si dice spesso che sono pericolosi, che possono influenzare le menti più suggestionabili, soffocando la capacità di giudizio sotto una coltre di complessi di inferiorità e senso di inadeguatezza.

Sono giudizi superficiali a cui non ho mai creduto. In questo caso, però, si avvicinano molto alla verità.

Fabio si è lasciato sprofondare nella vita che vedeva scorrere nello schermo. Nell'esistenza virtuale di Andrea e Valentina.

Anche lui voleva ciò che vivevano loro. Si è convinto di averne diritto.

Per poterla vedere e controllare, ha iniziato a studiare, a frequentare lezioni.

Abbiamo la testimonianza di alcuni suoi insegnanti di corsi online di informatica. Tutti concordano nel definirlo determinato e brillante.

Quella mattina Andrea è passato a prendere Fabio a casa, una cosa che non faceva da anni. Ma quella mattina è salito a casa, ed è in quel momento che gli si è accesa una lampadina in testa.

Proprio quella mattina, prima dell'escursione, Andrea aveva riletto per l'ennesima volta tutto il materiale che gli avevo fornito. E lì ha avuto l'illuminazione. Lo stile dei messaggi, il linguaggio, quel tono tra il sarcastico e il serio... lo facevano pensare a una persona che conosceva bene. L'unica di tutto il gruppo, guarda un po', che non aveva ricevuto minacce dallo stalker, l'unica che era sempre rimasta fuori dai radar, l'unica su cui non si erano mai concentrati i sospetti. E un dettaglio gli era saltato all'occhio: alcuni messaggi provenivano da una cella telefonica del posto. Solo un paio. Come se fossero sfuggiti a un sistema di criptazione, una piccola falla di sistema.

È entrato furtivamente nella camera di Fabio e ha trovato decine di libri di informatica nascosti dietro un mobile, alcune scatole vuote di schede madre e altre cose che non avevano alcuna ragione valida per trovarsi nell'appartamento di un appassionato di montagna. Soprattutto, ha trovato una miriade di foto di Valentina.

Andrea non poteva dire nulla però, non voleva destare sospetti, e ha approfittato, forse incoscientemente, della salita.

Quando sono iniziate le battutine di Fabio, ha capito tutto. Era una sorta di confessione prima dell'esecuzione.

C'è stata una violenta colluttazione. Andrea stava per soccombere. Uno scontro non solo fisico, ma anche psicologico. Ogni colpo, ogni parola urlata al vento, era un pezzo di quel castello malato che finalmente si stava sgretolando.

È stato l'intervento di Rosso a impedire che si consumasse una seconda, ancora più orribile, tragedia.

Perché si trovava lì?

Rosso aveva dei sospetti su Fabio. Ha dichiarato di aver capito che c'era qualcosa di strano dopo una chiacchierata nella veranda di Andrea. Lo aveva trovato stranamente fuori luogo. Ma anche Rosso faticava a crederci. L'unica cosa che poteva fare era tenere sott'occhio Fabio.

L'ironia della sorte ha voluto che proprio quel giorno fosse in ballo una riunione tra me e Andrea per discutere dei nuovi elementi che erano emersi. Ero lì, a Madonna di Campiglio, quando Rosso, preso dal suo istinto, mi ha proposto di seguire Fabio e Andrea nell'uscita che poi si è rivelata quasi fatale. E così siamo partiti anche noi, perché troppi conti non tornavano e volevamo vederci chiaro.

Ci siamo detti che al massimo saremmo potuti andare a verificare come funzionavano i cellulari. Capire come avessero fatto a manometterli.

È stato un lungo percorso. E non parlo solo della salita, che pure è stata faticosa. No, mi riferisco in realtà alla lunga strada per arrivare alla mente di un uomo disturbato e per comprendere il suo piano.

Valentina non era la vittima. Non era lei la persona che sarebbe dovuta morire su quella vetta. Era Andrea. Per questo la famosa lastra di ghiaccio era forata. Il giorno successivo alla spedizione Fabio gli avrebbe chiesto di riaccompagnarlo di nuovo, in una salita solo loro due, in nome dei vecchi tempi. Il giorno della spedizione si era portato dietro un apparecchio per schermare il segnale dei cellulari. Lo avrebbe usato come alibi, per dimostrare che in quel punto non c'era campo. Così l'indomani Andrea sarebbe morto, e nessuno si sarebbe insospettito una volta che lui fosse tornato alla base e avesse affermato che non aveva potuto chiamare i soccorsi subito e neppure indicare il punto preciso dell'incidente, proprio perché il cellulare all'improvviso era come morto. Il delitto perfetto.

Solo che… il 12 febbraio 2023 qualcosa è scattato nella sua testa.

Tutti controllavano il meteo, con frequenza assidua. Ma era proprio lui, Fabio, l'addetto a monitorare l'evolversi del clima secondo dopo secondo. Ha visto prima degli altri l'avvicinarsi della nebbia. E in un attimo si è reso conto che erano vicini, vicinissimi, alla lastra forata.

E che aveva in tasca l'apparecchio per schermare i cellulari.

Nessuno avrebbe più potuto controllare le previsioni. Si erano create le condizioni ideali per agire.

Nella sua mente Andrea era l'avversario in amore che si stava riavvicinando a Valentina.

Ma anche Valentina, anzi, soprattutto Valentina, era diventata il terminale della sua ossessione.

Quella povera ragazza si è trovata nel momento sbagliato, nel luogo sbagliato. Troppo vicina alla lastra nell'istante in cui è arrivata la nebbia. Isolata dagli altri.

Una preda facile. Fabio non ha saputo resistere.

Una vita spesa a nascondere i suoi demoni dietro un sorriso amichevole e una mano sempre pronta ad aiutare. La stessa mano che ora veniva usata per diventare un assassino.

E noi ci siamo trovati lì, subito dopo la sua confessione urlata ad Andrea, quando la colluttazione stava degenerando. Oltre ad aver registrato tutto, abbiamo consegnato un dolorante Fabio alle autorità.

Ora spetterà alla magistratura accertare, confermare, condannare.

La morte di Valentina Sut ha finalmente una verità.

Grazie per averci seguito in questo doloroso viaggio, un viaggio che ha svelato i segreti più oscuri di una piccola comunità e che ci ha ricordato quanto sia fragile il confine tra il bene e il male.

In memoria di Valentina Sut, si stanno già muovendo amici e fan per organizzare una grande raccolta fondi. L'obiettivo è trasformare in realtà uno dei suoi sogni, un grande spazio verde di biodiversità nel cuore di Milano. Noi ci saremo e vi terremo informati sui nostri canali.

Grazie per averci seguito.

41

Milano, 23 febbraio 2023

Andrea, Rosso, Fede e Sara Jean sono al Leo Garden, un piccolo locale dietro il Naviglio grande, un posto informale e senza troppe pretese. Si sono dati appuntamento lì per ascoltare l'ultima puntata del podcast di Lilla.

È appena finita, partono i ringraziamenti e i visi si distendono. Fede si butta all'indietro sulla sedia imbottita, Sara Jean continua a masticare un tarallo, impassibile. Andrea sblocca il telefono che aveva messo al centro del tavolo per farlo ascoltare a tutti e se lo rimette in tasca. Nessuno dice nulla.

Al tavolo ci sono anche la ragazza di Sara Jean, in silenzio, e il compagno (almeno in questo momento) di Fede, un venticinquenne rossiccio e dallo sguardo sveglio, molto elegante e magrissimo.

Le ampie vetrate regalano una visione incantevole sulla Milano notturna. Una calda luce soffusa avvolge tutti attorno a un tavolo di legno scuro. Le pareti sono decorate da opere d'arte contemporanea e piante verdi che scendono dai soffitti, ma nessuno presta attenzione a questi dettagli, sono tutti ammutoliti.

«Solo io ho la sensazione che è come aver ascoltato qualcosa che non ci riguarda? Cioè, mi sembra tipo che abbia parlato di altra gente, non di noi, è surreale» fa Rosso rompendo il ghiaccio.

«Già, non sembra vero nemmeno che non ci sia più Valentina qui con noi» aggiunge Fede.

«Scusate se mi permetto.»

La ragazza di Sara Jean alza un dito. «In effetti è davvero tutto così assurdo a sentire il podcast, non riesco a pensare che siete stati in balia di quel pazzo per giorni. Poteva davvero farvi del male, e ci avete vissuto fianco a fianco. Non ho parole...»

«Con il senno di poi sì, anch'io ho avuto i brividi a ripensarci, ma mentre eravamo lì, non avevamo affatto la percezione del pericolo, non sapevamo niente. Era solo doloroso vivere quel lutto tra dubbi e interrogatori.»

Andrea cerca il consenso degli altri, e Fede e Sara Jean subito annuiscono.

«Credo sia superfluo chiederci tutti scusa a vicenda, vero?» domanda Fede con un sorriso. Ha gli occhi rossi e si muove a scatti. Lo hanno notato tutti che c'è stato un cambiamento, e non solo per via della sua nuova fiamma.

«Sì, chi più o chi meno, abbiamo fatto una serie di errori di valutazione, ma possiamo dire, adesso, che era solo per avere giustizia. E poi volevo dirvi una cosa...» inizia Sara Jean. Si blocca, guarda tutti e prende coraggio. «Io non bevo da cinque giorni, cioè da quando ho intrapreso un percorso di disintossicazione. Sto abbastanza bene, e lo devo anche a voi.»

Un sorriso adesso spunta sulla faccia di tutti, accompagnato dallo stupore nel sentire quelle parole, che mai avrebbe pronunciato fino a qualche settimana fa. La sua ragazza l'abbraccia da dietro e la bacia, con un sorriso commosso. E si commuove anche lei, Sara Jean, quasi un momento di liberazione.

Fede e il suo compagno fanno partire l'applauso – ma l'espressione di Fede è seria e cupa, le sopracciglia abbassate. Sara Jean piange e ride contemporaneamente.

«Spero di riuscire a mantenere il mio impegno, l'ho promesso anche a Valentina» aggiunge passandosi una mano sul volto.

«È bello che ci sia qualcosa di positivo in tutto questo dolore, te ne sono grato... e l'idea della raccolta fondi poi, è super» fa Andrea. Parla il meno possibile, ogni volta che apre la bocca gli arriva una stilettata di dolore al naso. È una bella frattura, ma si sistemerà.

«Be', mi sembrava giusto onorare Valentina

con un progetto che lei sicuramente avrebbe approvato e portato avanti. Parliamo di un bosco nel pieno centro di Milano.»

«Devo dirvi la verità, sarò cattivo ma non ho avuto modo di leggere nulla, sono qui per la serata, ok, ma mi ero ripromesso di vederlo dopo» commenta Rosso sorseggiando uno spritz.

«Se riusciamo ad acquistare la vecchia fabbrica di ceramiche, quella della famiglia Galli, potremo realizzare un vero bosco con all'interno biodiversità uniche. Regalare un polmone verde a questa città, ma insomma, sarà difficile perché sono in ballo milioni di euro» spiega Sara Jean. «Davvero una figata pazzesca, state tranquilli, io lavorerò sodo per spronare i follower, è un progetto per cui davvero vale la pena di fare un piccolo sacrificio economico.»

«Penso che contribuiremo tutti qui, no?» fa Andrea.

«Forse a questo punto dovremmo andare, iniziamo tra mezz'ora e pare che interverrà anche il sindaco di Milano, ha detto che porterà il contributo della città, e speriamo che sia un contributo a sei zeri» conclude Sara Jean.

«Sì, dai, andiamo. Ah, e questa sera siete miei ospiti, non ci provate nemmeno a pensare di pagare qualcosa» minaccia Andrea indicando uno a uno i ragazzi, che se la ridono.

«Cavolo, ho appena letto questo.» Rosso gira il telefono agli altri, è il titolo di un giornale online.

«"L'assassino dell'influencer Valentina Sut chiederà l'infermità mentale. Da indiscrezioni trapelate dal sito della giornalista e podcaster Lilla Crime pare che l'imputato cercherà di evitare un processo che potrebbe concludersi con una lunga condanna detentiva. Come già evidenziato in precedenza, risulta affetto da vari disturbi mentali..." No, non ce la faccio a leggere questa roba, ti prego» dice Andrea, allontanando il telefono con rabbia.

«Sarà difficile che la ottenga, scusate, ma come psicologo mi sento chiamato in causa» dice il ragazzo di Fede con educata timidezza. «Da quello che ho sentito, siamo di fronte a una persona disturbata, sì, ma che ha il pieno controllo delle sue facoltà mentali.»

«Speriamo, cavolo.» Questa è Sara Jean, stizzita. «Adesso però dobbiamo andare davvero, avremo modo di riparlarne» aggiunge mentre si alza per infilare il cappotto.

«Io spero che riparleremo solo della sua condanna a tanti, tanti anni» dice Rosso.

Si alzano tutti in piedi, Andrea fa segno di prendere in mano i bicchieri.

«Un brindisi alla memoria di Valentina, e alla nostra amicizia, che possa sempre continuare nel suo ricordo.»

I bicchieri schioccano con rispetto, delicatamente. Ognuno manda giù l'ultimo sorso, poi si avviano verso l'antica cascina urbana affittata per il grande evento.

Sembra quasi che si siano messi d'accordo, Fede e Rosso. Come se avessero sincronizzato i passi per restare indietro, in disparte rispetto al resto del gruppo. O forse, è solo che entrambi sentono il bisogno di chiarirsi.

«Allora, a quanto pare non sei né un assassino, né un criminale. E forse hai addirittura fatto del bene. Incredibile, eh?» dice Fede.

Rosso alza le spalle, con un sorriso che già gli incurva le labbra. «Che vuoi che ti dica, ho sempre sofferto di cattiva pubblicità, ma non sono poi così male.»

«Te la sei cercata, la cattiva pubblicità. Quei post omofobi...»

«Innanzitutto non erano dei post omofobi. Al massimo avrò fatto qualche riferimento poco *politically correct*, come dite voi. Ma era il periodo che stavo con Anna, te lo ricordi, era un delirio, ci facevano mille foto a sera, e tutti mi chiedevano la mia opinione su qualsiasi cosa, neanche fossi diventato un guru... I profili li avevo mollati tutti al mio social media manager, e lui ha pensato di calcare sull'immagine dell'uomo che non deve chiedere mai. Ha sbagliato, ho sbagliato. Scusa, per tutto.»

Rosso si zittisce all'improvviso, come se avesse esaurito le parole dopo quella lunga confessione.

«Per quello che può valere, io ti perdono.»

«E dato che sei un "sacerdote" della comunità LGBT, posso reputarmi assolto da ogni peccato?»

«Ora non ti allargare. Io non sono il sacerdote di niente e nessuno.»

«Ah, questo è sicuro. Ti avrebbero buttato fuori a calci da qualsiasi chiesa. Con tutti i vizi che hai.»

«Ne ho uno in meno, adesso.»

Rosso lo guarda dritto negli occhi. Sa che Fede non è tipo da mentire su una cosa del genere.

«Hai smesso?»

«Ci sto provando. Ho preso qualche contatto per farmi curare. La settimana prossima vado in un rehab in Svizzera. Un posto famoso. Molto chic.»

«Ti ha convinto quel tizio? Tra l'altro, mi spieghi come hai fatto a rimorchiarlo e a mettertici insieme in questo periodo folle? Cioè, dove hai trovato il tempo?»

«A parte che quel tizio ha un nome. E poi lo conosco da una vita. Ho sempre saputo che era interessato a me... solo che io non ero interessato a lui. Forse era che sapevo che non mi faceva abbastanza male. E che anzi avrebbe potuto addirittura farmi del bene...»

Rosso si ferma, scoppia a ridere. Fede lo guarda incerto. Ed è ancora più incerto quando l'altro lo raggiunge di corsa e gli mette un braccio intorno al collo.

«Lo sai che sei strano forte, sì?»

«Be', sei strano anche tu.»

«Ah, su questo hai ragione.»

EPILOGO

Andrea scende dalla sua auto e guarda da lontano il Grostè. Gianni scende dal lato passeggero e fa un profondo sospiro, si sistema gli occhiali da sole.

Andrea aveva giurato a sé stesso che non sarebbe più tornato, che non avrebbe più calcato un sentiero. E infatti adesso sta facendo una fatica enorme, ed è ancora combattuto. Ma prima di mettere in pratica le sue intenzioni vuole provare a seguire il consiglio di suo padre. E anche l'idea che gli è venuta in mente.

Nei giorni successivi al ritorno a casa da Milano, ha passato giornate terribili, faticando a trovare un minimo di concentrazione per studiare e occuparsi del suo lavoro. Tutto inutile. Lunghe notti insonni in cui non faceva altro che mandare giù tisane. Giornate buie e incerte.

Aveva iniziato a pianificare un suo trasferimento, il dolore di quei luoghi ormai era troppo forte.

Gianni era preoccupatissimo, e lo ha invitato più volte a cena a casa, a fare una salita, ma niente, Andrea non aveva voglia, anzi, non ci riusciva proprio. Era come imbalsamato nel suo dolore.

Gianni ha dovuto fare un lavoro enorme, ma alla fine il figlio lo ha ascoltato. Di tutte le cose che suo padre gli ha detto, è stato il parallelismo con la montagna a colpirlo di più in assoluto.

«Guarda che ogni situazione, anche la più tragica, può insegnarci qualcosa. E pensa a quanto sono tragiche per le montagne le tempeste, le frane, i fulmini, le inondazioni. Eppure loro rimangono ferme lì. E questo perché forse hanno imparato a convivere con le avversità, come se fosse una parte di ciò che sono. Ecco quello che devi fare. Scappare, lo sai meglio di me, non ti servirà a molto». Glielo ha ripetuto non si sa quante volte.

Tanto che, alla fine, Andrea ha preso la decisione. Ha scelto di rimanere, e di non «scappare» come ha detto giustamente Gianni, e anche di tornare in montagna. Ha deciso che ci sarebbe tornato con una primula, un fiore che Valentina amava.

Avrebbe fatto così ogni settimana. Sarebbe tornato in montagna, sul luogo del delitto, a portare una primula per lei.

Si è detto che forse l'anima di Valentina può essere rimasta imprigionata tra le rocce, chissà.

Inizia la salita con Gianni al seguito, vanno dritti verso la meta senza tentennamenti. È come se Andrea volesse passare in quei luoghi di dolore senza esserne toccato. Quasi a occhi chiusi. Eccoli, ci sono.

Possono vedere ancora qualche pezzo di nastro bianco e rosso a isolare la scena. Andrea si avvicina al dirupo. Tira fuori la primula dal suo zaino.

La lancia verso il vuoto. Chiude gli occhi mentre ascolta il silenzio che viene interrotto da una voce nel vuoto: «Ti amo…».

È quella di Valentina. Spalanca gli occhi, si guarda intorno. Gli occhi si fanno lucidi. Gianni lo abbraccia con forza.

Sì, Andrea ritornerà ancora.

Indice

Capitolo 1	9
Capitolo 2	17
Capitolo 3	29
Capitolo 4	38
Capitolo 5	42
Capitolo 6	52
Capitolo 7	62
Capitolo 8	69
Capitolo 9	76
Capitolo 10	84
Capitolo 11	91
Capitolo 12	99
Capitolo 13	104
Capitolo 14	113
Capitolo 15	122
Capitolo 16	127
Capitolo 17	135
Capitolo 18	141
Capitolo 19	149

Capitolo 20	154
Capitolo 21	161
Capitolo 22	169
Capitolo 23	176
Capitolo 24	182
Capitolo 25	188
Capitolo 26	196
Capitolo 27	204
Capitolo 28	211
Capitolo 29	220
Capitolo 30	227
Capitolo 31	232
Capitolo 32	238
Capitolo 33	245
Capitolo 34	251
Capitolo 35	259
Capitolo 36	266
Capitolo 37	272
Capitolo 38	278
Capitolo 39	288
Capitolo 40	294
Capitolo 41	304
Epilogo	313

GRAFICA VENETA
GV CARBON NEUTRAL

Questo libro è stampato fabbricato da Grafica Veneta S.p.A.
con un processo di stampa e rilegatura certificato 100% carbon neutral
in accordo con PAS 2060 BSI

Finito di stampare nel mese di settembre 2024
per conto di RCS MediaGroup S.p.A.,
da Grafica Veneta S.p.A., via Malcanton 2,
Trebaseleghe (Padova)

Printed in Italy